Contradeseo

GLORIA SUSANA ESQUIVEL
Contradeseo

RANDOM HOUSE

Penguin
Random House
Grupo Editorial

Título: *Contradeseo*
Primera edición: octubre, 2023

© Gloria Susana Esquivel, 2023
c/o Indent Literary Agency
www.indentagency.com
© 2023, de la presente edición en castellano para todo el mundo:
Penguin Random House Grupo Editorial, S. A. S.
Carrera 7 # 75-51, piso 7. Bogotá, Colombia
PBX: (57-1) 743 0700

Diseño de cubierta: Penguin Random House Grupo Editorial
Imagen de cubierta: Raquel Moreno @tedecoca_
Ilustración de la página final: © NSA Digital Archive, Getty Images

Impreso en Colombia-*Printed in Colombia*

ISBN 978-628-7638-21-1

Compuesto en caracteres Garamond

Impreso por Editorial Nomos, S.A.

Dentro del cántaro de tu casa sagrada fui un fragmento,
un ratón disecado. Fui un ser vivo y un árbol pigmeo.
Fui una oreja y una caries.

MAARU TANG

sólo pensás en dejarte llevar como
esa vagabunda de la película
vanguardista, sin argumento, de la que te habló
un amigo en un baile

CECILIA PAVÓN

CAJAS

1.

Silvia había salido de la casa de Ramón con la certeza de que no se volverían a ver. No conocía a nadie más en esa ciudad y no tuvo otra opción que llamar a Teresa y pedirle que la dejara quedarse con ellos, al menos por esa noche. Apareció a la media hora en la casa de sus amigos con una botella de vino como ofrenda, que Javier agradeció sin decirle mucho, aunque tuvo el gesto de brindarle una buena porción de la comida china que estaban disfrutando. Silvia se sentó en la mesa, devoró las lumpias con gusto y disimuló con gracia la tristeza que sentía por la ruptura. No era el momento para entrar en detalles, mucho menos para exponerles las razones por las que Ramón la había expulsado de su casa. De manera discreta recogió los platos, los sobres de salsa de soya a medio usar y las cajas de cartón untadas de comida y llevó todo a la cocina. Silvia pensó que podía sofocar su dolor transformándolo en buenos modales, y tomó asiento en la sala, convirtiéndose en una simpática interlocutora que condujo la charla de sobremesa lejos de los detalles de esa última pelea.

Cada vez que Teresa intentaba indagar un poco más en los sentimientos de su amiga, tal vez para descifrar cuál había sido el problema de convivencia que terminó en ese desastre, Silvia se ponía a mirar por la ventana y evadía las respuestas. No quería importunar a Teresa, pues su hospitalidad la había salvado de tener que dormir en la calle, y se le ocurrió que podría entretenerla haciendo una lista de detalles extraños que contenían los apartamentos vecinos que alcanzaban a verse con nitidez. Un sofá de terciopelo avejentado que parecía estar infestado de hongos. Un televisor que proyectaba la escena erótica de una película en blanco y negro. El afiche gigantesco de Mao Zedong que sobresalía en la pared principal de un cuarto cuyas repisas estaban llenas de figuritas de superhéroes.

—Chucherías —interrumpió Teresa, y cerró la cortina de la sala de un solo golpe, lo que impidió que Silvia continuara espiando.

Para romper la tensión, Javier se levantó y buscó unos parlantes. Puso una lista de reproducción que le recordaba un paseo en carretera que había hecho con su padre algunos años atrás. Era sobre todo rock gringo de los sesenta y setenta, que coreaba con el mismo orgullo de un niño que acaba de aprenderse toda la letra del himno nacional. Mientras él hablaba de cómo había recorrido con su padre la ruta Panamericana, Teresa, distraída, comenzó a escarbar en su bolso.

Antes de que Javier pudiera hilar un compendio lo suficientemente interesante de recuerdos sobre su viaje por carretera, Teresa exclamó con alivio, sacó una bolsa de tela y lo interrumpió para hablar sobre su día. Por lo general, Bobby, el pequeño de cuatro años a quien ella cuidaba, era bastante tranquilo, pero Helen, su jefa, había estado trabajando muchísimo y el niño estaba particularmente insoportable. Tal vez para redimir su culpa de madre ausente, Helen le había dejado una nota en la que le pedía que se llevara la bolsa roja de tela y todo lo que había dentro. Había aprovechado para adelantarse unos meses a la limpieza de primavera y quiso regalarle un montón de artilugios para la cocina que le sobraban. Teresa empezó a ordenarlas sobre la mesa, en un intento por hacer un inventario de sus nuevas posesiones.

Silvia tomó algo que parecía ser una bola de papel roja y robusta y la examinó con cuidado. Era una esponja biodegradable hecha con fibra de tomate y se la llevó a la nariz para rastrear algún olor ácido que diera cuenta de aquello que afirmaba la etiqueta. Se le escapó una carcajada fuertísima apenas vio el precio. Javier hizo un gesto de curiosidad y Silvia se sintió animada a hacer un chiste. Le propuso jugar al precio es correcto y estuvieron riendo un par de minutos hasta que el esposo de su amiga adivinó el valor obsceno de esa esponjita. Teresa parecía molesta con la complicidad inmediata que había brotado entre ellos, burlándose de lo que para ella era un tesoro, y guardó todo dentro de la bolsa. Disimuló su fastidio y, con un dejo de sarcasmo, balbuceó algo sobre lo ridículos que eran los ricos. Javier tomó esto como una vía libre para volver a indagar sobre el contenido de la bolsa y comenzó a sacar todo lo que Teresa ya había guardado. Tomó unas pinzas de bambú hechas para agarrar el pan de la tostadora y arrancó un monólogo delirante sobre cómo los ricos eran una especie exótica.

—Son capaces de pagar casi el Producto Interno Bruto de una nación pequeña por estas minúsculas pinzas —continuó, fingiendo un acento neutro como de locutor que narra un documental de comportamiento animal—. Lo que el espectador no sabe es que estamos ante unas pinzas de bambú que permitirán que la mano invisible agarre todo lo que se encuentra a su paso.

Javier aprovechó y agarró la punta de la nariz de Teresa con las pinzas, y ese gesto cariñoso la suavizó. Teresa rio y comenzó a actuar, mientras que Javier narraba sus comportamientos de falsa rica. Silvia se apartó un momento de la pareja y regresó con su teléfono para hacerles un video. Se quedaron payaseando un rato largo hasta que los bostezos se hicieron más frecuentes que las carcajadas y Teresa decidió que era hora de irse a la cama. Silvia recogió todas las chucherías y las llevó a la cocina.

Las tuberías del edificio en el que estaba el apartamento eran viejas y, por esta razón, el lavaplatos siempre se tapaba. Después de lavar la loza quedaba una capa gruesa de agua sucia y lama, y había que destapar manualmente el sifón para deshacerse de ella.

Teresa le explicó cómo debía girar la rejilla para que saliera más fácil y Silvia atendió a las instrucciones, cuidándose de no perder ningún detalle. Era la primera noche que pasaba con sus amigos y se había ofrecido a lavar los platos. Apenas Teresa salió de la cocina, Silvia repasó las instrucciones en su mente para zafar la rejilla con maestría. La mortificaba hacer algún movimiento que evidenciara su torpeza.

Ante el lavaplatos, Silvia tomó la esponjita de fibra de tomate, pero, justo en el momento de humedecerla, escuchó un sonido extraño, como si las tripas de las viejas tuberías estuvieran crujiendo. Tuvo miedo de usar mal la esponjita, tal vez dañarla, y sintió un corrientazo por la espalda que confundió con un presentimiento. Intuyó una advertencia y algo dentro de ella supo que aún no profanaría el único objeto de valor que había en ese espacio. Se obligó a tomar la esponja ordinaria y comenzó a lavar con cuidado todos los platos que sus amigos habían ensuciado a lo largo del día. Distrajo el tedio imaginando cómo la voz de Javier la narraba: a ella y sus comportamientos salvajes. Solo pensar que Javier la observaba la obligó a pararse derecha, echarle un par de miradas coquetas a la cámara invisible, teñir de pulcritud sus gestos y hacer más redondos y perfectos los círculos de jabón de cocina que dibujaba sobre los platos.

Jaló la rejilla y se quedó mirando la manera en la que la fuerza del vacío chupaba el cuerpo acuático que, en su mayoría, estaba compuesto por las sobras del desayuno. Sintió como si ese huracán minúsculo tuviera la fuerza de tumbarla, pero esto no le causó miedo sino algo parecido a la tristeza. Se había prometido no pensar más en Ramón, al menos no por esa noche, pero ante el remolino fue inevitable. Él tenía la afición de rastrear los nombres de los huracanes cuando llegaba la temporada de tormentas tropicales. Algún día, ese compendio se convertiría en una obra de arte —otra promesa incumplida—, pues sabía que desde 1953 había un grupo de científicos cuya única labor era buscar un nombre por cada letra del alfabeto para bautizar y alertar a los habitantes del Caribe de la fuerza destructiva del viento.

Mientras introducía papel cocina dentro de los vasos, esperando que el agua se absorbiera sin dejar rastro en el vidrio, Silvia intentó bordear las razones por las cuales a Ramón le atraía todo esto. Él, que jamás se había molestado en establecer categorías sobre su relación, mucho menos nombrarla o fijarla en palabras, parecía obsesionarse con la labor de inventar un nombre para la catástrofe y así poder prevenirla. Bautizar el peligro como quien bautiza una jauría era una actividad que lo fascinaba, pero nunca había sido capaz de poner en palabras las razones por las cuales esto le generaba interés. Mucho menos había sido capaz de transformar esa intuición en una serie de pinturas. Algo se escondía detrás de esa taxonomía del desastre que le colmaba su atención y ella, frente al lavaplatos, sintió que si se esforzaba lo suficiente podría descifrar ese acertijo, para también descifrar todas esas preguntas que había dejado el huracán Ramón a su paso.

Pero se había prometido que, al menos esa noche, no pensaría en la ruptura, ni en los hombros anchos de Ramón, ni en cómo sobreviviría sin casa y sin visa en ese país frío. Extendió un trapo amarillo sobre el mesón, como si se tratara de una bandera que señalara una tregua entre ella y la incertidumbre, y apagó la luz de la cocina. Abrió el sofá cama, recostó la cabeza sobre un cojín y se cubrió con una sábana delgada. Había olvidado pedirle a Teresa que le prestara una cobija gruesa y una almohada, pero no se sentía capaz de tocar en la puerta de la habitación para pedirle ayuda. Prefería estar incómoda, al menos por esa noche. Recorrió con las manos la pared hasta que llegó al interruptor. Apagó la única luz que la iluminaba.

Cerró los ojos e intentó quedarse dormida.

Las varillas del sofá cama se alineaban justo arriba del coxis. Sentía cómo el metal se le clavaba debajo de la espalda y se le vino a la mente la imagen de San Sebastián atravesado por mil flechas. Recogió las piernas, tanto que su cuerpo se redujo a la mitad. Ya no sentía las barras, pero sus músculos estaban tan tensos que comenzaron a encalambrarse. Volvió a estirarse y a recogerse un par de veces, se giró de medio lado y estuvo unos cuantos segundos bocabajo.

Las noventa y siete noches que Silvia pasaría durmiendo en ese sofá cama terminarían por dejarle una lesión cervical que encogería su cuerpo unos cuantos centímetros. A lo largo de esos meses, no terminaría de acostumbrarse a esa superficie blanda, mucho menos a los cuerpos de Javier y de Teresa. Sin embargo, esa primera noche el sofá cama aparecía como un único oasis en donde podía permitirse darle rienda a su tristeza. Estiró los brazos buscando a Ramón, pero rápidamente recordó lo precario de su situación: estaba en el apartamento de sus amigos y Ramón no estaba por ningún lado.

Respiró profundo y buscó su celular a tientas.

Tal vez encontraría el sueño en la aplicación de meditación que sus amigos le habían recomendado. Ellos no solo le habían abierto la puerta de su apartamento, no solo les habían hecho campo a sus cosas entre las muchas cajas que tenían apiladas en la sala, no solo le habían compartido su comida, sino que, además, le habían mostrado una aplicación en la que los usuarios subían meditaciones guiadas que prometían curar cualquier dolencia. Ejercicios de respiración para la ansiedad. Afirmaciones para soltar. Recetas para liberar cargas emocionales. Guías infalibles para espantar el insomnio.

Silvia lo tomó por el revés y se demoró en darle vuelta al aparato. Pensó que, en medio de la penumbra de esa sala prestada, si la pantalla se encendiera con un mensaje de Ramón, resplandecería como la luz de un faro que anuncia el camino a tierra firme. Recordó que Ramón era un signo de tierra y que la compatibilidad zodiacal había sido una de las cosas que la atrajo hacia él. Recordó también la fantasía de estabilidad que había construido a partir de su fecha de cumpleaños, y la casa al frente del mar que algún día imaginó que comprarían. Pensó que si Ramón fuera un paisaje, no sería esa playa gris iluminada por la luna. Tampoco sería un desierto. Acomodó de nuevo sus piernas y le dio vuelta al teléfono. No había ningún mensaje nuevo. Si Ramón fuera un paisaje, sería un manglar.

Se había prometido que no intentaría contactar a Ramón de ninguna manera. Ahora su cuerpo estaba tullido y no podía dormir. Tampoco podía pararse al único baño que tenía el apartamento, pues quedaba justo al lado de la habitación y no quería hacer ruido. Javier y Teresa le habían permitido quedarse y no quería interrumpir su sueño con pasos en medio de la noche o con el contundente chorro de sus meados. Tomó aire y exhaló fuertemente, y ese ruido involuntario le dio algo de vergüenza. Intentó acomodarse sobre el sofá y tomó el celular para revisar la hora. Ya casi iban a ser las doce. Ya casi se acabaría ese primer día fuera de su casa; no, se corrigió inmediatamente, ya casi se acabaría ese primer día fuera de la casa de Ramón.

Se tendió de lado y aprovechó la luz de la pantalla para examinar el espacio. El sofá cama extendido ocupaba casi la mayoría de la sala. Dos sillas enclenques rodeaban una mesa de Ikea que hacía las veces de escritorio y de comedor, y todo esto había sido apilado hacia el costado de una de las bibliotecas. Desde donde estaba también alcanzaba a espiar el corredor estrecho y corto que iba de la puerta de entrada a la puerta del baño. Pensó que, si en ese momento llegara un terremoto, ella sería la única que podría salir sin problema del apartamento, pues sus amigos seguramente se tropezarían con las cajas que reposaban en ese espacio angosto y que guardaban todos los regalos de boda que alguna vez Teresa había deseado. Cerró los ojos y se le vino a la mente un paisaje árido, cubierto por copas de cristal fino y cuchillos para cortar quesos, y sintió algo parecido al miedo. Volvió a abrir los ojos buscando olvidar la fragilidad que se suspendía sobre esa imagen extraña.

Se dio vuelta y se quedó mirando hacia la pared que la separaba de la alcoba matrimonial; la única que tenía el pequeño apartamento. La tanteó con las manos como si estuviera procurando encontrar una frecuencia cardiaca distinta a la suya, otro pulso, otra respiración que evidenciara lo que sucedía del otro lado. Imaginó a sus amigos juntos, desnudos, intentando nuevas posiciones sexuales, empapados y satisfechos, pero no escuchó ningún ruido del otro lado. El frío de la delgada pared parecía ser un reflejo del silencio de la noche. La golpeó con los dedos una última vez esperando recibir un atisbo de calor, una imagen de Javier y Teresa vestidos con trajes sado, haciéndose daño, disfrutándolo. Pero su tacto se mantuvo helado.

Se acostó boca arriba, completamente recta, tomó el celular y se llevó las manos al pecho. Cerraría los ojos y respiraría con ritmo pausado hasta que llegara el sueño. O hasta que un mensaje de Ramón lo iluminara todo. Controló que sus estertores fueran casi mudos y se dejó llevar por el vaivén que marcaba el propio ritmo de su cuerpo. Dentro de los párpados veía círculos concéntricos que se deformaban, se enredaban y chocaban, provocando la explosión y el nacimiento de otros círculos. Si Ramón fuera un paisaje, tal vez sería el paisaje que descansa dentro de mis ojos, pensó, mientras su cuerpo finalmente se rendía al cansancio del día.

2.

Un tímido rayo de sol le rasguñó la frente.

Silvia abrió los ojos y levantó la cabeza, lejos del incómodo cojín cilíndrico que había utilizado como almohada. Sintió que la tristeza comenzaba a asentarse sobre su pecho y giró la cabeza hacia la puerta del cuarto de sus amigos, esperando que estuviera entreabierta. Tal vez, si se acercara al umbral entre la sala y la habitación, Teresa podría sentir que ella la necesitaba. Imaginó que su amiga acudía al llamado telepático y se reconfortó pensando en cómo su abrazo la haría sentir tranquila. Sin embargo, a pesar de que ya estaba bien entrada la mañana, la puerta del cuarto seguía cerrada y el apartamento permanecía en completo silencio. Se le ocurrió que Javier y Teresa eran de esos que dormían hasta el mediodía, así que procuró levantarse, recoger el sofá cama, doblar las sábanas y dejar todo ordenado haciendo el mínimo de ruido.

No tenía hambre. Se repitió que no estaba con Ramón, y le pareció explicación suficiente para su falta de apetito. Aprovechó la luz de la mañana para recorrer nuevamente, con la mirada, el espacio en el que se encontraba y contó, justo al lado de las dos maletas, ocho cajas de diferentes tamaños apiladas frente a la pared que dividía la sala de la cocina. Eran los regalos de boda que sus amigos habían pedido a una elegante tienda de artículos para el hogar, pero que aún no habían tenido tiempo de desempacar ni de ordenar y que reducía, todavía más, el área del apartamento. Silvia recordó cómo tuvo que ahorrar un par de meses para poder comprarle a Teresa uno de los servilleteros que deseaba y que, en su momento, su amiga hizo ver como el objeto más necesario y urgente del mundo. Trajo a la mente esos dos meses sin comidas afuera, ni tragos, ni salidas, y se sintió irritada mientras imaginaba esa vida social suspendida que ahora descansaba en el fondo de alguna de esas cajas. Pensó que las cajas creaban una muralla que la protegía, a pesar de que aún no sabía muy bien de qué. Luego pensó que era extraño que Javier y Teresa hubieran pedido un asador de gas, la caja más grande de todas, que le llegaba hasta las rodillas, y una neverita portátil para cargar refrescos. Tal vez en esas cajas se encontraba, sin armar, la posibilidad de una excursión a la playa o al campo. La posibilidad de la felicidad fuera de lo doméstico.

Quiso aprovechar las horas muertas de la mañana leyendo y comenzó a espiar los lomos de los libros que descansaban sobre una pequeña biblioteca de madera sintética. Reconoció una serie de libros de espiritualidad escritos por una mujer caminante que con seguridad pertenecían a Teresa, pues su amiga constantemente hablaba sobre esa autora, y la autobiografía de André

Agassi, que mantenía el lomo como si aún no hubiera sido leída y que, pensó, debía ser de Javier. Detuvo su mirada en una minúscula calavera mexicana que descansaba sobre uno de los estantes y le pareció curioso que ese pedazo de cerámica rojo fuera la única peca de color que salpicaba la monotonía del beige que apagaba todas las paredes. A lo largo de los últimos meses, sus amigos habían aplazado los planes de irse de luna de miel a Cancún. Silvia pensó que más que un souvenir de viaje, la calavera era como el pequeño cráneo de un feto que se enquistaría en su vientre y esa idea la espantó. Luego se quedó mirando una foto Polaroid en la que aparecían Javier y Teresa, pero que estaba deslavada por haber sido expuesta durante mucho tiempo al sol y a la calefacción. La inquietó la manera en la que los rostros parecían dos manchas blancuzcas, criaturas albinas cegadas por su propio resplandor y, ante lo aterrador de esa aparición, prefirió fijar sus ojos en la parte superior de la biblioteca, donde había otro grupo de libros puestos de manera desordenada.

Decidió tomar una biografía de Michelle Obama. Clavó los ojos en la primera frase y pensó que esa luz que entraba por la ventana de la sala era la misma luz de las mañanas con Ramón. Recordó cómo, en las noches, él se aferraba a ella, a veces con algo de violencia, otras con desesperación. Se sentía imprescindible, así él nunca se lo dijera en voz alta. Dentro de esa maraña de silencios y de afectos ambiguos que era Ramón, era ella a quien él agarraba en las noches y eso le servía como confirmación de que debían estar juntos. Porque las tardes con Ramón eran extrañas, llenas de mensajes que no contestaba y de comentarios ácidos que se le clavaban como dardos. Pero las primeras horas de la mañana eran diferentes. Eran los brazos de Ramón alrededor de su cuerpo casi asfixiándola; un gesto innegable de que la quería cerca. Cerró el libro. No tenía cabeza para leer.

Escuchó voces provenientes del otro lado de la pared y se apresuró a poner el libro en su sitio. Javier y Teresa salieron del cuarto minutos después. Les preguntó si los había despertado con sus ruidos, y él lo negó con una sonrisa amable, aunque sus ojos entreabiertos y su piel apagada delataran que habría preferido seguir durmiendo un par de horas. Teresa era otra cosa. Refulgía como las hojas que se encienden en otoño, y esa imagen hizo que una sensación de calidez se posara sobre el pecho de Silvia. Con una sonrisa amplísima, Teresa la invitó a la cocina y le propuso que hicieran *pancakes* para combatir la tristeza, como si le estuviera haciendo el *pitch* de un proyecto que cambiaría su vida. Siempre había pensado que despertar en la casa de su amiga debía de ser parecido a despertar en la casa de Kim Novak y ahora podía comprobarlo. Su cabello rubio no lucía descolorido bajo la luz blanca neón de la cocina, y hasta había tenido tiempo para ponerse una bata de imitación de seda, elegantísima, sobre una piyama que parecía salida de un catálogo de ropa interior fina. Silvia ni siquiera se molestó en compararse con su amiga. Entre el saco de sudadera que Javier le había prestado para dormir y las ojeras producto de las lágrimas y del insomnio, sabía que estaba todo menos compuesta.

Se sorprendió por la manera en la que ni Javier ni Teresa querían hablar de lo obvio. Ramón también era amigo de ellos y seguramente le habrían escrito para contarle sobre la nueva huésped que estaban alojando en casa. Durante el desayuno solo hicieron un par de comentarios resaltando su poco apetito y pidiéndole que comiera, pero, de resto, los tres echaron mano de sus buenas maneras para esquivar la presencia invisible de Ramón hasta que casi dejó de sentirse. Tanto que Javier la invitó a salir a trotar con él. Quiso decirle que no estaba de ánimo, que sentía como si el cuerpo se le estuviera consumiendo por dentro, como si ella fuera el incendio mismo, pero le pareció excesivo frente a la compostura que habían guardado en la mesa. Se ofreció, entonces, a organizar la cocina y lavar los platos. Lo mínimo que podía hacer después del gran banquete que Teresa había preparado.

Teresa le palmoteó la espalda con cariño y la acompañó a la cocina. Mientras Silvia lavaba la montaña de platos, ella pondría a hacer té. Quería aprovechar que Javier estaba trotando para tener un tiempo a solas con su amiga y hablar de lo que había pasado. Silvia miró a Teresa, esperando que la autorizara a usar la esponjilla carísima que Helen le había regalado, pero Teresa dio un paso fuera de la cocina. Interrumpió a Silvia con un balbuceo sobre cómo necesitaba traer algo y entró, apurada, a la habitación principal. La urgencia con la que había dejado la escena molestó a Silvia. Llevaba la mañana esperando que Teresa le tomara las manos, la mirara a los ojos y le dijera que todo estaría bien, como solía hacerlo cada vez que tenía una ruptura amorosa. Pensó que esta vez quien le había roto el corazón era el amigo de Javier y tal vez a eso se debía su indiferencia. Además, no estaba segura de que la versión que Ramón contara la dejara muy bien parada. Quiso imaginar cómo sería esa versión de la historia, pero sus pensamientos fueron interrumpidos con la reaparición de Teresa en la cocina, esta vez acompañada de un oso de peluche.

Mientras Silvia fregaba con minucia los intersticios de cada tenedor, cuidándose de no dejar ningún resto de yema de huevo ni de grasa en los cubiertos de su amiga, Teresa comenzó a contar que hacía un par de semanas había acompañado a su jefa a un taller para encontrar la felicidad y que, aunque no se había convencido mucho del discurso del psicólogo y del empresario que lo impartían, sí había tomado nota de un par de ejercicios que le funcionaban para manejar sus crisis emocionales. Silvia se sorprendió por la manera en la que Teresa hablaba de crisis emocionales, en plural, sin darle espacio a la duda y sin ningún tipo de temor a nombrar directamente las catástrofes. Teresa, con sus piernas largas, el abdomen firme y las uñas siempre arregladas, era una versión de esos científicos nombrahuracanes que tanto habían fascinado a Ramón. Tal vez si ella comenzara a usar esmalte color pastel, o si se atreviera a apilar todo lo que había pasado y a ordenarlo en uno de los cajones de su mente, bajo una etiqueta fija que no permitiera espacio para la duda, encontraría la felicidad o un lugar dónde dormir, similar a ese apartamento, pero propio. Una casa sin tantas cajas por destapar, con muebles, nevera y hasta sala de televisión que demostrara sus capacidades adultas para habitar un espacio.

Con un tono de voz similar al de un *coach* motivacional, Teresa intentó explicar que ese taller se regía por el postulado de que la energía no se destruye, sino que se transforma. Silvia tenía que liberar toda esa energía que su cuerpo estaba alojando y que estaba vertiendo sin medida hacia Ramón, para que las cosas comenzaran a fluir nuevamente. Por eso debía convertir el oso de peluche en una especie de tótem que simbolizara aquello que había sido su relación: hablarle, llorarle y golpearlo si llegara a ser necesario. Tenía frente a ella la oportunidad de decirle a Ramón todo lo que no le había dicho, de actuar un monólogo que desestancara sus emociones y le permitiera abrirse a las cosas nuevas que estaban ante ella. Silvia se quedó mirando los ojos negros del oso y pensó que Teresa, a pesar de su porte de reina de belleza, tenía un rictus tan frígido como el del animal de peluche. Se sintió culpable por tener ese pensamiento mezquino y asintió sin poner mucha atención al caudal de palabras que salía de la boca de la rubia. No entendía por qué Teresa trataba con tanta condescendencia su dolor, ni mucho menos de dónde sacaba esos discursos de autosuperación baratos, pero pensó que lo mejor sería seguirle la cuerda. Tal vez esa sería la manera más sencilla de invocar a esa Teresa cariñosa, lista para contenerla con un abrazo larguísimo, que le aseguraría que todo saldría bien mientras le acariciaba la cabeza.

Mientras Silvia intentaba organizar la loza, Teresa comenzó a hablar sobre física cuántica y la poderosa fuerza de atracción. Luego intentó relacionar todo ese discurso impreciso y absurdo con la importancia de crear hábitos más saludables, cosa que, según su percepción, era algo imposible de hacer con Ramón. Silvia quiso defenderlo y hablar de esa vez que se compró una bicicleta para ir a su estudio, pero sabía que eso tenía sin cuidado a su amiga. Entonces, intentó apelar a la nostalgia y mencionó las cenas que solían hacer los cuatro, en las que Ramón se inventaba platos extraños que buscaban sorprender los paladares de todos. Rápidamente, Teresa trató ese recuerdo con desdén, haciéndole ver a Silvia que cuando Ramón cocinaba se le iba la mano en la sal y fue ahí cuando entendió que no había manera de ablandarla. Teresa estaba intentando condenar, sin tregua, su historia de amor

La rubia le pasó el oso. Silvia se tardó un par de segundos en quitarse los guantes de lavar, pues no entendía muy bien lo que su amiga quería que ella hiciera.

Tomó el peluche, lo miró de frente y le hizo un par de muecas furiosas. La simulación del deseo de destripar a Ramón sí parecía un espectáculo digno para su amiga. Como si al sucumbir a esos caprichos pudiera invocar la fuerza del fuego, se regodeó en la imagen del rostro de Teresa encendido: reía y aplaudía. Recordó cómo, a veces, su amiga se comportaba como una emperatriz romana y se permitió tomarse el tiempo para imaginarla vestida con una túnica de la época. Pero la imagen de Teresa cubierta por una delicada tela turquesa, el pelo adornado por una corona de laureles, mientras le ordenaba a una esclava embarazada que le diera un poco de su leche, estremeció a Silvia. Intentó sacudirse buscando borrar esa visión perversa, pero la tiranía de su amiga en Roma no dejaba de rondarle la cabeza.

Se sintió profundamente sola.

Silvia se tapó el rostro con el dorso de la mano y olisqueó la manga de la sudadera de Javier, en un intento por que ese pedazo de tela se convirtiera en un ancla que la hiciera volver al presente. Pensó en lo mucho que le había huido a esa sensación de desamparo y quiso contarle a Teresa lo mucho que había extrañado a Ramón esa noche, pero prefirió quedarse callada. Silvia pasó un trapo húmedo por la estufa y el mesón y, cuando la cocina estuvo ordenada, tomó una bocanada de aire para sacudirse la pesadez del recuerdo. Dio un paso fuera de la cocina y, con un tono de voz que intentó ser ecuánime, le aseguró a Teresa que solo necesitaba un día para recuperarse de todo lo que había pasado. Mañana comenzaría a buscar un lugar donde vivir y estaría fuera del apartamento la próxima semana.

Fue ahí cuando Teresa finalmente la tomó de las manos.

—Puedes quedarte con nosotros todo el tiempo que sea necesario. Jamás serás una molestia —dijo, impostando una voz dulce.

3.

Aunque nunca había cultivado el hábito de levantarse temprano, la situación en el apartamento ameritaba que Silvia fuera siempre la primera en despertarse para dejar todo en orden. Había sido algo descuidada con el aseo de los lugares que había habitado antes, sobre todo en la casa de Ramón. Nunca le había preocupado el mantenimiento de los pisos de madera o los gérmenes invisibles que alojaban los trapos de cocina, mucho menos se había esmerado en tender bien la cama o pensar en la frecuencia con la que se debían lavar sábanas y toallas, pero, dadas las circunstancias, sus hábitos se habían modificado radicalmente durante esa semana que llevaba viviendo en el apartamento. Tenía tanta vergüenza de que ellos, justo la pareja que le había presentado a Ramón, la vieran en ese estado tan frágil, en sudadera robada y sin maquillaje, que se obsesionó con borrar cualquier rastro habitacional que pudiera dejar en ese espacio.

Muy temprano en la mañana, Silvia recogía el sofá cama, doblaba, ordenaba y guardaba las sábanas y el cojín que fungía de almohada, barría el polvo que se acumulaba bajo las cajas por destapar y remataba echando un spray antigérmenes y antiolores que garantizaba dejar la atmósfera de la sala como si esa especie extranjera, que era ella, jamás hubiera llegado a ese ecosistema. Luego se quedaba en la sala, procurando hacer el menor ruido posible, y llenaba decenas de formularios para postularse como candidata a compañera de apartamento. En los documentos se describía a sí misma como eficiente, discreta y amante del orden. Estable. Responsable. Puntual. Y, aunque ese conjunto de palabras pudiera sorprender muchísimo a Ramón, quien jamás pensaría en esos adjetivos para referirse a ella, las mañanas de aire limpio y desinfección en el apartamento la hacían fantasear con esa otra Silvia que existía en un universo pulcro y antiséptico sin mayores tropiezos.

A lo largo de esos siete días se había establecido una rutina. Sus amigos salían de la habitación, la felicitaban por el orden de la sala y orquestaban una danza para utilizar la cocina y el baño rápidamente, así ella podía entrar a limpiarlo todo. Con su llegada, el apartamento se había convertido en un paraíso sin ácaros que resplandecía como la piel glaseada de un cerdo horneado. Hacía un par de semanas Javier y Teresa habían tenido una corta pero contundente infesta de cucarachas que se había comido algo del cartón de las cajas en las que guardaban los regalos de boda y que había hecho nido en la tina del baño. Por esto, la diligencia con la que ella limpiaba todo a su paso los maravillaba. Ellos no tenían ni el tiempo de limpiar la casa, ni el dinero para pagarle a alguien que lo hiciera por ellos. Generalmente, Teresa salía de afán al trabajo y se excusaba por no poder ayudarla con el aseo. Prometía que esa noche sí irían al mercado y comprarían carne de cordero, que sabía preparar a la perfección en la olla multifuncional que había pedido como regalo de bodas y que seguía empacada en una de las cajas que descansaban frente al sofá cama en el que ahora ella dormía.

Javier tenía horarios impredecibles. Dividía su tiempo entre trabajar en casa y en la biblioteca. Llevaba dos años preparando una tesis sobre urbanismo y había tenido varios tropiezos, tanto con la investigación como con la escritura. Esa semana, Silvia lo había visto salir muy poco, solo a correr, pues estaba entrenando para su primera maratón. De resto, pasaba la tarde ayudándola a programar un Excel que optimizaría la búsqueda de lugares para vivir —que hasta ahora había resultado infructuosa y frustrante— por medio de unas celdas que contemplaban variantes como precio, tamaño, ubicación y requisitos para extranjeros. Javier también pasaba el tiempo cocinando elaborados platos, sacados de libros de cocina mexicana, francesa o japonesa, que le tomaban horas. A veces Silvia lo veía confundido con la cantidad de ajo que debía machacar o con las temperaturas del horno, pero ella sabía que sería imprudente decirle que no se preocupara, que podía salir a comer algo por la zona o que pediría un domicilio, pues no quería reafirmarle ideas que Ramón pudiera haberle dado sobre su carácter voluntarioso. Entonces se quedaba en silencio, sorteando avisos clasificados, haciendo cuentas y frustrándose por su estatus migratorio, mientras a unos pocos pasos, en la cocina, Javier sacaba juegos de cuchillos, termómetros y unas bolsas plásticas que le ayudarían a cocer, durante más de veinticuatro horas, un corte de carne.

Aunque Silvia y Javier llevaban un par de años conociéndose, jamás habían tenido una relación cercana. Tal vez fue la pantomima sobre los ricos lo que logró finalmente romper el hielo entre ellos. Antes de eso habían limitado sus interacciones a una cordialidad tranquila. Pero en la sala del apartamento no era fácil intentar navegar los silencios con Javier. A veces Silvia optaba por ponerse audífonos y dejar de hacer preguntas tontas, pero, a los pocos minutos, aparecía el esposo de su amiga con una anécdota de su entrenamiento o un dato curioso sobre algún futbolista y ella no veía más opción que entablar una conversación ligera. Sin embargo, todo se hacía mucho más incómodo cuando Javier dejaba su celular en la mesa de Ikea, frente a ella, y este comenzaba a encenderse y a vibrar, iluminando una imagen que esbozaba la cabeza inconfundiblemente enorme de Ramón sobre la pantalla. Javier se apresuraba a contestar y se encerraba en el baño a hablar con su amigo. Luego salía y los dos hacían como si nada, en un intento por que ese inmenso elefante en el cuarto, que era Ramón, desapareciera dentro de la selva húmeda y espesa de buenos modales que ambos procuraban mantener con gran esfuerzo.

Silvia y Teresa habían conocido a Javier el mismo día, en una fiesta para extranjeros que se salvó de naufragar en el tedio gracias al ánimo de las dos amigas. En algún momento de la noche, Teresa se apoderó de la música y Silvia se encargó de traer un par de cuerpos a la pista de baile. Mientras ella se movía de manera indiferente, pero coqueta, Teresa le murmuró al oído que se acercara al hombre que, desde el otro lado del salón, parecía devorarla con la mirada. Silvia miró de reojo a Javier y decidió que no le interesaba. La rubia regresó a su lugar de DJ sintiéndose frustrada, pues no entendía cómo su amiga podía quejarse tanto de estar soltera y al mismo tiempo rechazar oportunidades fáciles de conquista. Un par de canciones después, Javier se acercó al lugar en el que Teresa estaba poniendo la música y le pidió que lo dejara poner una balada en inglés. Teresa bromeó con él y le dijo algo de cómo esa música gringa terminaría por matar la fiesta, pero Javier le aseguró que al menos un par de personas la bailarían. Cuando finalmente Teresa cedió, Javier sacó a bailar a la rubia y ambos cuerpos comenzaron a moverse de una manera armoniosa, a pesar de que ninguno de los dos parecía tener una noción mínima de ritmo. Bailaron de manera torpe toda la noche y, para el momento en el que decidieron salir de la fiesta, Silvia estaba tan borracha y confundida con la presencia de Javier en el taxi de vuelta a casa que no podía recordar si la intención de Teresa de emparejarla con ese hombre al que ahora besaba seguía en pie o si había sido un malentendido.

Durante esa semana, a pesar de las limitaciones del apartamento, Javier y Silvia habían evitado pasar mucho tiempo en espacios próximos. Esa tarde, sin embargo, él por fin tuvo la confianza de sentarse junto a ella, invadir el sofá cama, y de preguntarle si quería ver *Breaking Bad*. Era la segunda vez que repetía la serie completa y quería ver un capítulo para distraer la mente de la tesis. Silvia recordó los días en los que Ramón, de manera entusiasta, le comentaba que estaba siguiendo la serie gracias a la recomendación de Javier y cómo se obsesionó tanto con la paleta de colores del *show* que comenzó a hacer una serie de pinturas inspiradas en el paisaje de Nuevo México. Silvia vio el inicio del capítulo y se aburrió pronto, así que empezó a buscar cuartos para alquilar en uno de los barrios más retirados de la ciudad. A veces volvía los ojos a la pantalla del computador de Javier y se le ocurrían miles de comentarios que podría hacerle a Ramón sobre los colores del desierto. Recordó el silencio de Ramón y pensó que era más pesado que el de Javier. Más contundente y seco. Luego pensó que tal vez los amigos se entendían tan bien porque compartían esa inclinación hacia el mutismo.

Silvia apartó la mirada de la decena de *posts* inmobiliarios que había logrado pescar ese día y se quedó viendo a Javier. Primero se fijó en la cabeza y las tenazas de un escorpión grandote que tenía tatuado en el brazo izquierdo: aparecían tímidas entre la manga de la camiseta vieja que tenía puesta. Lo imaginó sobre una camilla, mordiéndose los labios, confundiendo dolor con placer, mientras recibía las punzadas de una aguja. Levantó la mirada y se dio cuenta de que, de cerca, los rasgos de Javier eran mucho más interesantes. Unas cuantas canas le manchaban la barba y unas pequeñas arrugas se le asomaban en las esquinas de los ojos. Pensó que esas líneas dibujaban también el contorno de un risco escarpado y sintió algo parecido al vértigo. Javier no era su tipo, definitivamente. Pero esa capa de aromas ácidos, que pudo percibir al tener por primera vez su piel tan cerca de la de ella, le recordó a un remedio de eucaliptos macerados en alcohol que hacía su abuela para calmarla cuando llegaba de la escuela. Tuvo la certeza de que algo se acercaba. Algo que todavía no era capaz de nombrar, pero se sintió a gusto con esa sensación de aguijón en el pecho.

Silvia no entendería esa sensación sino hasta meses después, cuando por fin se acostara con Javier. Sería un encuentro que la haría comprender que algunas fantasías debían quedarse únicamente en el ámbito de la fantasía y terminaría por archivar el recuerdo del esposo de su amiga como «movimiento mecánico de un polvo mediocre», y no como «anticipación húmeda y eufórica de un encuentro sexual satisfactorio». Sin embargo, esa tarde, cada vez que Javier se paraba al baño, Silvia se sorprendía a sí misma con la mirada fija sobre sus nalgas o sobre su entrepierna, que delineaba un paquete mediano gracias a la delgada tela de la piyama que él no se quitó hasta bien entrada la tarde. Ya había pasado una semana dentro del apartamento y esos impulsos lascivos la extrañaron, pero no porque sintiera que debía guardarle algún tipo de fidelidad a Ramón o lealtad a Teresa. Al final eran miradas inofensivas sobre las cuales no planeaba actuar, mucho menos cuando el único techo con el que contaba sobre su cabeza dependía de mirar y jamás tocar. Tenía más que ver con que Javier era un animal distinto a Ramón; pertenecía a otra especie. Los dedos flacos, los ojos extrañamente separados y la manera en la que el pulso le temblaba le recordaban a un roedor diminuto y ansioso.

En algún momento de la tarde Silvia se recriminó por haber pasado tanto tiempo analizando la fisonomía de Javier y fue a la cocina a buscar algo de comer. Vio una tableta de chocolate fino sobre el mesón y le preguntó a su compañero de series si podía tomar una pieza. Javier mencionó que lo había traído Teresa. Al parecer era un regalo de su jefa, y Silvia recordó que la rubia le había comentado algo sobre eso la noche anterior. Javier le dijo que tomara un pedazo, pero ella se sintió incapaz de hacerlo, pues sabía que Teresa a veces era quisquillosa con sus cosas. Javier insistió. Silvia se quedó tiesa ante la posibilidad de acceder a algo tan valioso. No fue sino hasta que caminó hasta la cocina, tomó el chocolate y lo destapó que ella se sintió cómoda y accedió a comer un pedazo. Mientras intentaban adivinar la mezcla de sabores —intuían cerezas, clavos, canela, wasabi y tal vez una pizca de sal—, Silvia sintió que una estela de complicidad la unía al marido de su amiga. Se quedó mirando a Javier, que masticaba unos trozos de chocolate y se los ponía sobre los dientes para dar la ilusión de que estaba mueco, y pensó que la que estaba siendo demasiado quisquillosa era ella. Decidió relajarse y seguir el juego. Si el chocolate fuera realmente importante para Teresa, Javier jamás habría dispuesto de él. ¿Acaso no era esa una mínima regla de convivencia?

Esa pregunta se quedó retumbando, a lo largo de la tarde, dentro de la cabeza de Silvia. Sin embargo, intentó distraerse viendo los *posts* inmobiliarios y se dedicó a saltar de ventana en ventana hasta que llegó a la página de una empresa que anunciaba la construcción de un proyecto multifamiliar en uno de los suburbios cercanos a la ciudad. Comenzó a navegar por la maqueta de lo que, dentro de un par de años, sería un edificio altísimo y espió los planos de un apartamento de tres alcobas. A pesar de vender el edificio como un proyecto para familias, los espacios se veían muy pequeños. Los anuncios del proyecto promocionaban un estilo de vida minimalista, en el que no era necesario tener muchos muebles ni armarios y, en el cuarto principal, esto se ejemplificaba con el uso de una esterilla en lugar de una cama. Silvia le dio play a uno de los videos que prometía un tour por el apartamento y vio cómo dos animaciones sin rostro se tomaban de las manos y comenzaban a recorrer lo que sería su futuro hogar.

A Javier le llamó la atención la música extraña que salía del computador de la huésped y le pidió que le mostrara lo que estaba viendo. Silvia accedió avergonzada, pues era evidente que ella no tenía ni el dinero ni los papeles para, siquiera, pensar en comprar una casa en ese país frío. Le mostró a Javier un par de videos en los que las animaciones caminaban por ese espacio minúsculo. Desde donde estaba, ella no podía descifrar la expresión de Javier frente al video y, por un instante, se permitió fantasear con que esas animaciones eran ellos dos tomados de la mano. Imaginó lo que se sentiría agarrarse de los dedos delgados y fríos del marido de su amiga y luego se vio quitándole la camisa de un tirón, descubriendo un pecho poblado por un remolino de pelos muy oscuros. Sintió el fuerte deseo de empujarlo hacia la esterilla diminuta que esbozaba la maqueta y sofocarlo a punta de mordiscos.

—Yo he visto esto antes —murmuró Javier y le entregó el computador a Silvia con mucho apuro.

Por un segundo, ella sintió terror de que él tuviera la capacidad de leer sus pensamientos. Imaginó que Javier observaba los resquicios donde se alojaba su deseo, con la mirada fija en todas esas lenguas y todas esas ansias, pero, antes de que pudiera sonrojarse, él la llamó a su lado del sofá con entusiasmo. Quería mostrarle, en su tableta, la página de uno de los diarios locales.

—Es un artículo que salió el fin de semana. ¿Sabías que los científicos han predicho que un terremoto y un tsunami se van a tragar la mitad de este país?

Silvia no supo qué responder y se quedó mirando el modelo en tercera dimensión que los periodistas habían diseñado para explicar la catástrofe. En el instante en el que Javier le dio play, la huésped comenzó a ver cómo las olas gigantescas cubrían un rascacielos en el centro de Seattle. Rio nerviosa, pues, aunque el modelo era bastante realista, el agua no solo arrastraba consigo el remedo de cafés, tiendas y edificios, sino también a émulos de personas con rasgos indistintos.

—Son los mismos que hace unos segundos estaban felices caminando por el proyecto inmobiliario —musitó Silvia con un dejo de incredulidad en su voz.

—Gran negocio. Diseñar personajes sin cara y ponerlos a habitar en el futuro —respondió Javier, cómplice.

—Tal vez vendieron un paquete dosporuno. En la mañana el muñeco construye una familia y en la noche es víctima del cambio climático —Silvia remató la broma con algo de histrionismo—. No estoy segura de que ese sea el mensaje correcto que quieran darles a sus clientes.

Javier se carcajeó y continuaron imaginando cómo sería la vida de oficina dentro de esa empresa que estaba encargada de diseñar las animaciones macabras. Tuvieron una conversación larga y divertida que se vio interrumpida cuando Teresa avisó que pronto llegaría a casa y los dos se dieron cuenta de que habían estado muy distraídos como para pensar qué harían de cena.

4.

Teresa regresó un poco más tarde de lo acostumbrado y Javier la esperó para que comieran juntos. Silvia decidió cocinar algo ligero para los tres. Mientras sus amigos se sentaban en la mesa, se apresuró a limpiar la cocina. Había usado más ollas de las necesarias al intentar una receta de sopa de cebolla. Estaba segura de que había cometido un error midiendo el aceite pues, aunque el sabor de la sopa había quedado muy bien, muchas de las cebollas se habían pegado al fondo y sintió pudor de que Teresa llegara y viera ese desastre. Se demoró un buen rato hirviendo el agua, que luego puso en la olla junto con un poco de lejía para poder fregar minuciosamente el acero. Cuando llegó su amiga, Silvia la saludó desde la cocina.

—Deja de limpiar y siéntate con nosotros —le ordenó Teresa con un tono de voz muy dulce.

Había tenido un muy buen día en el trabajo y quería que celebraran tomando una botella de vino que Helen le había regalado esa noche. Teresa estaba emocionada porque su jefa le había pedido que preparara unas arepas para agasajar a uno de sus amigos y le habían quedado en un punto perfecto. Silvia notó que algo refulgía en Teresa cuando hablaba de su trabajo. Se llenaba de orgullo cuando explicaba el sistema de organización que había implementado para las meriendas de Bobby o cómo había optimizado el uso de la máquina lavaplatos, alternando la carga y los ciclos. Silvia entendía que su amiga sentía un gran placer en organizar y planear, pero se le escapaba el porqué hablaba de su trabajo como si de él dependiera la salvación del mundo. Esos pensamientos odiosos debían responder a una expresión de celos, pensó, e intentó domarlos, aunque no dejaba de inquietarla la manera en la que Teresa hablaba de las cualidades y virtudes de su jefa. Sobre todo cuando llegaba con bolsas y bolsas de ropa que Helen desechaba y que la rubia utilizaba para moldear un estilo de vestir que parecía una mala copia de las mujeres ejecutivas que pululaban en el centro de la ciudad.

Mientras Teresa explicaba cómo había decidido servir las arepas y el maridaje del vino que había escogido para acompañarlas —rojo para la de pabellón, blanco para la reina pepiada—, Javier la interrumpió y le pidió, de manera juguetona, que compartiera la historia extraña sobre Helen y ese hombre. Teresa le hizo una mueca que Silvia interpretó como nefasta; sabía que su amiga odiaba que la interrumpieran. Quería decirle que no tenía que hablar de lo que la pusiera incómoda, pero Teresa comenzó a reñir con Javier, preguntándole por qué tenía la mente tan cerrada. Ahora la que se sentía incómoda era Silvia. No quería atestiguar una pelea de pareja, pero antes de que pudiera huir hacia la cocina, Teresa comenzó a exponerle la situación de su jefa.

—Sabes que Helen es una gran conocedora de las artes liberales y siempre ha estado interesada en explorar otras maneras de vivir la vida. Pues bueno, a Javier lo escandaliza que Helen no tenga una relación monógama.

—No me escandaliza, solo me parece extraño —interrumpió Javier.

—Helen cree que la propiedad privada nos ha hecho mucho daño, sobre todo culturalmente. Si por ella fuera, se iría a vivir a las afueras junto con su hijo y con sus tres parejas. Pero sus parejas no se llevan bien entre sí, entonces aprovechó que su novio local estaba de viaje e invitó a otro de sus novios a la casa.

—¿Cada cuánto se ve con ellos? —preguntó Silvia, algo confundida por las jerarquías entre los diferentes amantes.

—Solo uno de los novios, el local, vive en la ciudad. Ella aprovecha para ver a los otros en viajes.

—Si me preguntan a mí, eso me suena a infidelidad de las de siempre. No le veo el sentido. Ni siquiera entre ellos están de acuerdo —enfatizó Javier.

—Tú no entiendes nada —replicó Teresa como si estuviera aburrida de tener una y otra vez la misma conversación—. Te queda muy complicado ver que Helen está llevando a la práctica consignas muy revolucionarias. Se nota que fuiste socializado en una cultura muy conservadora.

—¿Y tú no?

Las palabras de Javier quedaron suspendidas sobre la sala del apartamento.

Silvia se sintió tensa. Se sentía obligada a tomar partido en esa discusión absurda para poder zanjarla de algún modo. Teresa se paró de la mesa y fue a la cocina, pero rápidamente volvió y le preguntó a su amiga si había visto un chocolate con un envoltorio raro. Silvia le respondió que estaba en uno de los cajones, pero no se atrevió a avisarle que Javier y ella ya se habían comido más de la mitad en la tarde. La rubia salió de la cocina con el envoltorio abierto y la mirada nublada. Javier hizo un chiste pesado sobre cómo él había intentado disolver la propiedad privada y por eso se había comido el chocolate, pero Teresa decidió ignorarlo y se sentó en el sofá cama. La rubia comenzó a ver su teléfono y Silvia intentó cortar la tensión contándole que estaba enganchadísima con un canal de videos de una pareja que había decidido viajar a Japón con el mínimo dinero posible. Teresa le pidió que le mandara el *link*, pues le interesaba el tema. Luego hizo un comentario con tono despectivo sobre cómo Javier sabía que ella estaba guardando ese chocolate para un momento especial y Silvia bajó la mirada con vergüenza, como si fuera una niña a la que acababan de descubrir que mentía. Teresa notó ese gesto.

Cuando finalmente sus amigos se retiraron al cuarto, Silvia se quedó un buen rato tendida sobre el sofá cama y jugó a relacionar diferentes imágenes para distraer el insomnio. Pensó que si Javier fuera un color, sería gris. Pero si Teresa lo fuera, sería azul cielo. Si Javier fuera una bebida, sería Pepsi. Si Teresa lo fuera, sería una copa de vino blanco. Si Javier fuera una dolencia, sería conjuntivitis. Si Teresa lo fuera, sería un permanente dolor de espalda. Luego intentó hacer el mismo ejercicio con la imagen difusa de Ramón. Recordó su torso amplio y sus piernas anchísimas y pensó que si Ramón fuera un animal sería un rinoceronte. Si Ramón fuera un color, sería verde pasto. Si Ramón fuera una bebida, sería mezcal. Sintió un ardor en la boca del estómago y luego quiso escribirle un mensaje desesperado. Quería rogarle que volviera. No había de otra. Si Ramón fuera una dolencia, sería Ramón.

La vibración del celular interrumpió el trance ansioso en el que estaba cayendo. Abrió los ojos. Tomó el teléfono. Sintió cómo se le encendía el rostro. Clavó los ojos en la pantalla. Ahora era todo su cuerpo el que ardía. Era el primer mensaje de Ramón que recibía en días.

5.

A pesar de la vida compartida, Ramón había encontrado el tono perfecto para hacerla sentir como una extraña. Seco pero formal. Pragmático e indolente. Solo Ramón era capaz de redactar un mensaje en el que el silencio fuera más elocuente que cualquier palabra.

hola. entrego el departamento y vuelvo a PR. las llaves están donde siempre para que saques lo que haga falta.

Silvia pensó que Ramón seguía siendo muy hábil con lo que era capaz de decir y con lo que no. Valiéndose solo de puntos seguidos y de un saludo distante, había logrado borrar de un tajo cualquier remanente de la vida que, durante ocho meses, habían construido juntos.

Necesitaba ir al baño. Esconderse detrás de la única puerta disponible le daría algo de privacidad dentro del reducido espacio del apartamento. Tal vez podría tomarse el tiempo de examinar el mensaje hasta agotarlo. Orinó. Se dio cuenta de que la porcelana del inodoro tenía unas manchas de mierda, dejadas allí de manera descuidada por alguno de sus amigos, y comenzó a fregarlas con el cepillo. Quería ralentizar su ritmo cardiaco y olvidarse del malestar en el estómago que sentía cada vez que pensaba en Ramón. Cuando terminó, se sentó sobre el inodoro, con los pantalones arriba y las piernas cerradas, y leyó cada una de las palabras del mensaje con calma. Luego se quedó mirando los espacios en blanco entre las palabras hasta que le ardieron los ojos. Pensó que ese escozor sería la antesala del llanto. Respiró profundo y arrugó la cara para hacer fuerza, pero no salió ninguna lágrima. Sintió vergüenza por ese gesto ridículo y revisó que el seguro de la puerta del baño estuviera bien puesto. Deslizó el dedo por la pantalla del teléfono hasta llegar al primer mensaje que tenía de Ramón. Recordaba que había sido un mensaje gracioso, una declaración de amor explícita, y quiso repasar su historia para intentar rastrear el momento en el que todo se fue al carajo. Pues justo por los días en los que conoció a Ramón, Silvia estaba considerando renunciar a su trabajo como traductora de manuales para hacer funcionar máquinas agropecuarias.

Despaturrada sobre la taza del inodoro, recordó el último invierno que pasó en aquel pueblo cercado por maizales. Lo mecánico de las traducciones y lo poco que había que hacer la frustraban. Tampoco había podido hacer amigos, pues sus compañeros estaban enfrascados en una competencia perversa. A todos les pagaban por hora, pero había un incentivo para quien lograra traducir la mayor cantidad de palabras en el menor tiempo posible. Esa cuantiosa comisión mejoraba considerablemente las condiciones paupérrimas de un contrato que no ofrecía ninguna garantía, mucho menos un seguro médico. Además, sobre sus cabezas caía la promesa de que, si lo hacían muy bien, si estaban entre los tres primeros del *ranking* de productividad, la empresa consideraría patrocinar una visa de trabajo. A Silvia le incomodaba muchísimo esa manera de hacer las cosas, pues sentía que ella podía ser más útil y valiosa que el algoritmo de Google Translate. Intentó conversar con sus supervisores sobre las ambigüedades del lenguaje, y sobre cómo esas regiones misteriosas que navegaba un traductor no podían cuantificarse con formatos ni cronómetros, pero nadie se mostró interesado. Entonces la cabeza comenzó a llenársele con otra cosa: la fantasía de un salón lleno de niños pequeños, en donde ella era el centro.

A veces, frente a la nevera en la que todos ponían sus almuerzos debidamente marcados, sufría algo similar a un rapto cósmico. Dejaba de atender lo que estaba haciendo y se perdía dentro de los confines de su mente. Veía niños, docenas de cabezas de niños alineados y atentos, y esa ilusión de orden y atención la reconfortaba. Otras veces se perdía llegando a casa. A pesar de que el pueblo solo tenía dos calles principales, Silvia deambulaba por ellas mientras diseccionaba esas cabezas en su mente, intentando entender cuál era el mensaje que se escondía detrás de esas apariciones. Intuía que detrás de esos niños había un llamado a volver a su país de origen. Junto con las visiones llegaba la certeza de que podría convertirse en una cariñosa profesora de teatro en un colegio para niños ricos, y que sería capaz de despiojar todas esas cabezas sin ningún asco. A veces volvía en sí y se daba cuenta de que llevaba tiempo recorriendo la misma calle. Sentía pavor cuando despertaba de esa ausencia. Intentaba volver al presente, sacudiéndose la nieve acumulada sobre el abrigo, y apresuraba el paso hacia su casa.

Pero las visiones no la soltaban. A pesar de que el trabajo quedaba a unas pocas calles de donde vivía, y de que era muy difícil perderse entre edificios y casas que compartían casi la misma altura, Silvia veía cómo los niños espectrales se colaban entre esas fachadas grises y uniformes. Llegaba temblando y solo encontraba refugio en el aroma dulzón que se asentaba en las escaleras de madera que llevaban a la entrada de su casa. Un olor a basura y a fertilizante que recién mudada le había parecido desagradable, pero que ahora se convertía en un ancla que la alejaba de esos niños y la traía de vuelta a donde estaba.

Porque a Silvia le gustaba su manera de existir dentro de ese país.

Allá se había construido una vida independiente, en la que a veces fingía tener otro nombre. Decirles a extraños que se llamaba Mary, Liz o Kate la hacía sentir como si estuviera pronunciando un conjuro en voz alta: esos nombres materializaban todas las posibilidades que se le habían negado en su país de origen. En esa nueva vida podía desparramarse *everywhere*, inventarse nuevas personalidades y expandirse hasta la madrugada sin que nadie preguntara a qué horas llegaría a casa. Apenas puso un pie en ese país frío, Silvia había sentido como si el mundo se hubiera ensanchado y como si tuviera la capacidad de recorrerlo de punta a punta. Los meses en los que tomó el curso de actuación, su vida se llenó de múltiples tramas, colegas y amantes, y no se sentía lista para dejar ir la posibilidad de que todas esas historias volvieran a ser parte de su vida. Con alguna frecuencia, sobre todo cuando caminaba bajo el cielo despejado rumbo al mercado, atesoraba esa sensación de omnipotencia que la atravesaba. Se sentía magnánima. En ese país, Silvia participaba activamente del mundo. Lejos de su origen y de la mirada de su madre, por fin podía hacer parte de una historia mucho más grande que la que solía contarse sobre sí misma. Allá podía permitirse soñar con ser una gran actriz, que salía a comer con fotógrafos, directores y supermodelos.

Si bien era cierto que, desde que el curso había terminado, la vida se había ralentizado, Silvia estaba segura de que, si volvía a conjurar las palabras correctas —¿acaso un nombre falso que aún no descifraba?—, encontraría una grieta que le permitiría ascender junto con sus deseos. Se imaginaba sentada en la primera fila de desfiles de moda, o en óperas y conciertos, encantando a cardúmenes de hombres que se cegarían con su talento. Porque en ese país dejaba de ser una actriz resignada a tener un trabajo de secretaria, y se convertía en una extraña con un pasado exótico. Y, aunque ahora el día se le iba en un trabajo casi tan aburrido como el que había tenido en su país de origen, en esta otra vida el presente sí era susceptible de cambio. No tenía que conformarse con un destino inamovible plagado de números y burocracia, mucho menos renunciar a la fantasía de que algún día su talento histriónico sería descubierto. Silvia era consciente de que ese giro de la fortuna estaba tardando un poco más de lo que ella esperaba. Aun así, la promesa de futuro que ofrecía su vida de este lado del continente resplandecía como plancton luminoso que se asienta sobre la oscuridad del mar, o como una flor rojísima que sobrevive en el paisaje más hosco.

Además, su madre se sentía orgullosísima de tener una hija que ganaba en dólares. Silvia, al teléfono, se cuidaba de no mencionar nada sobre esos niños fantasmas que la seducían para volver a casa. Desde que las apariciones de esos espectros se habían hecho más frecuentes, Silvia llamaba más y más a su madre, como si contactarla pudiera traer un antídoto. Necesitaba oír cómo su madre la encomendaba a Dios y le aseguraba que pronto la fama golpearía a la puerta. Al final de cada llamada, su madre le mandaba la bendición y la bañaba en la sangre de Cristo, y para Silvia ese conjuro era suficiente para sacudirse los pensamientos de renuncia por un rato.

Lo que su madre no sabía era que Silvia llevaba una larga temporada luchando contra la mala fortuna y estaba agotada. Desde el momento en que había pisado ese pueblo rodeado de maizales, se había sentido como un faquir que finge comodidad mientras duerme sobre una cama de púas. A veces intentaba contarle las cosas difíciles, pero solo podía imaginarse la voz de su madre, amplificada, mortificándola e imprecando su gran capacidad para darse por vencida cuando las cosas se ponían adversas. Cuando reunía algo de valentía y le hablaba sobre cómo, durante casi un año, había triplicado sus jornadas de trabajo para poder llegar a fin de mes con algo ahorrado, su madre reía y la felicitaba por ser tan recursiva. Otras veces no se aguantaba y la llamaba llorando, llena de frustración y rabia. De manera frecuente, sus compañeros de trabajo le preguntaban si recordaba la ruta para nadar de vuelta a casa. Y, aunque parecían palabras inofensivas, casi versos en un poema, Silvia sentía que las rodillas se le quebraban cada vez que esas personas aludían a su estatus migratorio. Luego, las rodillas se le quebraban otra vez cuando intentaba explicarle a su madre la violencia que refulgía dentro de esos comentarios y del otro lado de la línea lo único que recibía era silencio.

Desesperada con esas ideas de renuncia, pidió una lectura de la carta astral vía Skype. Necesitaba saber qué era lo que más le convenía. Silvia ya había tenido una consulta con esa astróloga hacía unos años, antes de tomar la decisión de irse a vivir al extranjero, y la mujer le había mostrado un triángulo de la fortuna justo en la casa 9, la casa de los viajes, la educación y las publicaciones, cosa que tomó como un buen signo. A pesar de que, en el tiempo que llevaba afuera, sentía que la suerte demoraba en ponerse de su lado, pensó que no le quitaba nada volver a consultar con esa astróloga conocida. Hablaron durante dos horas sobre cómo Silvia se encontraba próxima a su retorno de Saturno y le advirtió que era un momento duro que podía alivianarse si sentaba cabeza y se ponía a tener hijos. Silvia ignoró las palabras de la astróloga y le preguntó si veía viajes o mudanzas. La mujer notó un mal aspecto en la zona de su carta que hablaba de las raíces y le pidió que se cuidara el estómago. Silvia preguntó si había alguna zona que hablara de maquinaria agropecuaria, pero en ese momento se cayó la llamada y decidió tomar ese *impasse* tecnológico como un buen augurio.

Pero su ansiedad de futuro no cesaba.

Silvia decidió llamar a una de sus amigas más cercanas, la que era medio psíquica, y le preguntó por las decisiones que estaba a punto de tomar. Necesitaba saber si debía renunciar de una vez por todas a su trabajo y conformarse con volver a casa. Con una voz casi de autómata, la amiga pronunció la frase «caminarás la luz de tu propio fuego» y luego dijo algunas otras cosas sobre puertas y ventanas que la mala señal de la llamada de WhatsApp devoró. Silvia intentó distraer el miedo que le causó ese verso ominoso, pero sus evasivas devinieron en ataques de insomnio. Ella, que a duras penas sabía cuidar de sí misma, que todavía no había aprendido a diferenciar cuando sentía hambre de cuando sentía sed, buscó maneras de matar las silenciosas horas de la noche en ese pueblo semiabandonado. Así las cosas, pasaba las madrugadas frías dándose baños de agua hirviendo, leyendo cuanto horóscopo caía en sus manos y masturbando fuera de su cuerpo la ambivalencia de querer seguir apostándoles a esos sueños que tal vez se cumplirían y, al mismo tiempo, buscar la fuerza para enfrentar la derrota y soltarlos.

Una leve rasquiña en la nariz la hizo regresar al presente. Se vio a sí misma incómoda, procurando no hacer ningún ruido dentro del baño del apartamento, y sintió una extraña mezcla de compasión y amargura. Supo que ninguna de esas pitonisas improvisadas hubiera podido anunciarle que su destino más próximo sería el de ser una forastera, sin casa y sin papeles, con los ahorros a punto de extinguirse, que pasaría las noches acomodándose las vértebras para que se alinearan con la parte suave de un sofá cama prestado.

Teresa, por su parte, vivía en la única ciudad cerca del pueblo fantasmal. Tenía su trabajo de niñera y se había casado en el verano con Javier. A los ojos de Silvia, su amiga había sabido ajustar las expectativas y ahora se había construido una vida sin muchas ambiciones, pero tranquila y compacta. Silvia disfrutaba visitarla cada par de meses, pues Teresa se desvivía como anfitriona y planeaba cenas repletas de platos típicos y música en español que llegaban justo al centro nostálgico de cada comensal. Cuando su amiga la invitó a una comida de San Valentín en honor del «amigo artista de Javier» que recién se había mudado a la ciudad gracias a una beca, pensó que ella sería más efectiva que cualquier adivina y que sabría darle buenos consejos sobre el rumbo que debía tomar su vida. Sin embargo, Silvia sentía, muy en el fondo, que la decisión de abandonar ese pueblo estaba tomada. Solo que aún no se atrevía a nombrarla en voz alta, por miedo a que la enunciación de esas palabras desatara una tormenta de nieve y de desgracias económicas que la dejara atrapada entre todas esas plantas de maíz por siempre.

Lo primero en lo que se fijó fue en el pelo engominado de Ramón. Algo en esa manera de peinarse, anacrónica y divertida, le pareció muy atractiva y se le acercó casi por instinto. Silvia le hizo un par de preguntas para romper el hielo y fue así como se enteró de su buena mano para las plantas y del amor profundo que sentía por los perros. Entre más hablaba con Ramón, más sentía que le ardían las entrañas. Frente a sus ojos, ese remedo de Anthony Perkins caribeño encarnaba la posibilidad de una nueva vida, en la que todas las mañanas sentiría el rozar pegajoso de su pelo engominado. Una vida cómoda pero con trama. Las claves para mantener unas plantas de interior frondosas estarían a su disposición. Junto a él podría quedarse a vivir en ese país y volver a tomar cursos de teatro, olvidándose de esas ecuaciones de productividad que la habían hecho odiar estar lejos de casa. Apenas observó los profundos ojos oscuros de ese hombre, a Silvia se le despertó por dentro un mandato. Era como si por fin pudiera entender todos los oráculos. Conocer a Ramón era la señal que estaba esperando. Estar con él la llevaría a tomar la decisión correcta. Solo un vistazo a la sonrisa inmensa del boricua hizo que Silvia sintiera que quedarse en ese país era también cumplirle una cita al destino. Tal vez lo que la vida le deparaba no era un Óscar, sino una felicidad diferente. Frente a ella se materializó el vaticinio que tanto había ignorado: las manos fuertes de Ramón le anunciaron que estaba llamada a construir una pareja y a reproducirse con ese hombre amable.

Ramón le mostró un par de fotos de unos niños, que ella asumió eran sus sobrinos, y de la gigantesca casa de sus padres en la isla. Ver esas postales domésticas hizo que el útero le diera un vuelco. Tal vez las cabezas de niños que se le aparecían no eran de criaturas ajenas que la escuchaban en un salón de clase, sino de las propias, las que tendría con ese recién conocido. Niños cabezones, guerreros taínos recubiertos de pelo y gomina que serían incubados en su vientre y que pariría con dolor. Sintió un retorcijón tibio que la hizo rozar el brazo de Ramón para hacerle entender, sin decir ninguna palabra, que ella necesitaba saber si sus cuerpos desnudos encajarían dentro de ese espacio de metas a largo y mediano plazo que se esbozaban como un salvavidas frente a lo incierto.

Pasaron la noche juntos en el lugar que Ramón compartía temporalmente con otros cuatro artistas. Fue un sexo tranquilo que disfrutó en parte porque, mientras él la penetraba por detrás, Silvia tuvo la certeza de que nada malo pasaría si ella renunciaba a su trabajo y se mudaba a la ciudad para estar más cerca de él. En la mañana, mientras se daba cuenta de que las plantas de las que Ramón había presumido la noche anterior eran de plástico, calculó cuánta sería la plata de la beca que él recibía para costearse el apartaestudio al que pronto se mudaría. Silvia también se dio la licencia de imaginarse del otro lado, en el maizal, sentada frente a un viejo computador, con los labios extremadamente resecos. No quiso quedarse para el desayuno, pero antes de despedirse de su anfitrión se llevó los dedos a la boca para arrancar cualquier pellejo remanente de esa mala vida que se estaba dando en ese pueblo alejado en donde absolutamente nada reverdecía.

Intercambiaron números telefónicos, se incluyeron en las redes sociales y se escribieron varios mensajes de texto. Silvia mantenía un tono asertivo y confiado, con las justas dosis de coquetería e interés, pero le extrañaba que Ramón, que siempre le escribía en las noches sobre lo mucho que extrañaba su cuerpo, no se animara del todo a invitarla nuevamente a salir. Ella estaba determinada a seguir el mandato que había escuchado esa noche que pasaron juntos. Y, aunque sabía que renunciar a su trabajo también implicaría renunciar al permiso temporal y quedarse solo con una visa de turista, estaba segura de que si tan solo Ramón le diera un par de días podrían enamorarse, fecundarse y compartir un estatus migratorio mucho más cómodo. De repente, las cabezas de los niños se aparecían con menor frecuencia. Ahora le llegaba en sueños la imagen de los hombros anchos del boricua; su espalda robusta sumergida entre maleza.

A medida que las conversaciones con Ramón se hacían más intensas, Silvia se convencía de que debía dejar el pueblo. Se decía a sí misma que era hora de atreverse a vivir en la ciudad. Allá podría conseguir un mejor trabajo y tal vez tener una casa propia financiada con hipoteca. Además, los grupos de teatro que se juntaban en el centro eran mundialmente reconocidos. Si lograra conseguir un trabajo de medio tiempo, podría volver a intentarlo. En la ciudad tendría más posibilidades de mostrar su talento y hasta conseguiría un papel en una obra de teatro. Lo único que necesitaba era enamorar a ese hombre y avanzar juntos hacia un permiso de residencia. Con Ramón viviría la fantasía doméstica. Lo tendría todo, además de un marido e hijos que la sosegaran. ¿No era acaso eso lo que toda buena mujer deseaba? Las horas se le iban intentando convencerse de estos deseos, aunque la pasividad y la ambivalencia de Ramón la hacían sentir condenada a pasar el resto de sus días en ese pueblo helado. No entendía por qué algunos días él la bombardeaba con mensajes en los que la invitaba a imaginar una vida juntos y luego caía en un mutismo que la volvía loca. Para lidiar con la ansiedad que le causaban estas desapariciones, Silvia comenzó a leer un puñado de blogs en los que jóvenes como ella narraban cómo habían dejado sus trabajos para viajar por el sudeste asiático. Esas lecturas hicieron que se sintiera menos sola. Pensaba que tal vez debía construir un discurso aventurero sobre sí misma y que eso la ayudaría a ahuyentar el autodesprecio. Luego recordaba que no tenía el suficiente dinero para planear una excursión por Tailandia y la ansiedad volvía a tragársela entera.

Una noche, desesperada por la inquietud de no saber por qué Ramón respondía con silencio a sus mensajes, llamó a Teresa para preguntarle por el «amigo artista de Javier». A regañadientes, su amiga le confesó que Ramón tenía una novia que vivía en San Juan y se hizo claro que la foto que él le había mostrado el día que se conocieron no era de sus sobrinos, sino de los hijos que tenía con esa otra mujer, de la que no tenía intención de separarse. De repente, las visiones que tenía de Ramón y de los niños peludos que ella aún no paría empezaron a desdibujarse. Hiperventiló. Cerró los ojos y se vio a sí misma, aterrorizada y sola, en medio de un paisaje hostil y yermo, sin provisión alguna que le garantizara la supervivencia. Tuvo pavor. No quería quedarse quieta, siendo atacada por una tormenta de viento y sin ningún refugio cerca.

Silvia se levantó del inodoro, pero no calculó bien la distancia y se golpeó la frente con uno de los gabinetes. El golpe fue como un sobresalto que la arrojó fuera de su cabeza. No quería seguir pensando en cómo había sido el desarrollo de la historia, ni recordar ese paisaje frío que se parecía tanto a las profundidades de su propia soledad. Pero, a pesar de que estaba siguiendo al pie de la letra el ritmo de respiración que pedía la meditación guiada para liberar cargas emocionales que Teresa le había sugerido hacía unas cuantas noches, los recuerdos continuaban apareciendo como espectros pesados que se sentían como una multitud dentro del diminuto cuarto de baño.

Se rindió entonces a la culpa.

La punzada en medio del pecho aparecía siempre que recordaba el momento en el que se le ocurrió que conquistar a Ramón sería un buen proyecto para exorcizar sus fracasos, aunque sabía que era un hombre comprometido. No podía borrarse de la cabeza la idea de que el oráculo le había pedido inventarse una vida al lado de él, y ya se había obsesionado con concretar lo más parecido a la felicidad doméstica con ese hombre. Parada en medio del minúsculo baño, recordó esos últimos días de invierno en los que, acaso por terquedad o designio divino, el romance y el enamoramiento fluyeron, a pesar de las circunstancias. Después de un periodo de silencio, en el que se tuvo que morder los dedos para no escribirle ni responderle de inmediato cada vez que aparecía con algún mensaje coqueto, la actitud de Ramón empezó a cambiar. Era él quien le pedía que se vieran y le pasaba dinero, como un gesto de galantería, para que viajara desde el maizal hasta la ciudad para encontrarse. Silvia recordaba cómo esos trayectos en bus se hacían mucho más llevaderos gracias a las conversaciones llenas de boleros y mensajes eróticos que le ponían a temblar los dedos. Solo que ahora, refugiada dentro del baño del apartamento, la huella de esa felicidad exaltada se teñía de otras memorias que le hicieron ver que el amor con Ramón no se había generado por combustión espontánea o por predestinación, como ella a veces quiso creerlo.

Cuando comenzaron a frecuentarse, Silvia también comenzó a googlear de manera obsesiva los riesgos de quedarse en ese país con solo la visa de turista. Tal vez fue leer los foros de internet en los que inmigrantes ilegales hablaban sobre lo fácil que era conseguir trabajo, y sobre cómo lo del seguro médico eventualmente se resolvía, lo que la hizo sentir cada vez más confiada en que esos niños fantasma que la habían rondando eran una premonición de los hijos que en definitiva tendría con el artista. Como una ludópata entrenada se arriesgó, calculó y jugó considerando que, por estadística, ya había agotado la cuota de desilusiones de esos años. Se miró al espejo del pequeño baño e intentó reconocer desde qué lugar del rostro le habían brotado el ímpetu y el desparpajo con los que sedujo a Ramón. Esa primavera, ella se había comportado como un galán, y cada salida que hacían juntos remataba con una jornada sexual que la dejaba más o menos satisfecha. Además, sus movimientos de conquista habían coincidido con repetidos ataques de celos que provenían de la isla y que lo fastidiaban. Frente al espejo del diminuto baño, se agarró los cachetes como si estuviera felicitándose por la rara calma mental que le había permitido darle la suficiente distancia para que él se decidiera por ella.

Cuando finalmente le habló de los planes de renuncia, Ramón le dijo que si salía del maizal podrían vivir juntos en el apartaestudio que recién había alquilado. Silvia sospechó que la oferta venía más de un impulso de él por evadir la soledad que de un verdadero deseo de construir una relación con ella, pero igual dio el salto y empacó su vida gris en dos maletas. Se quedó un instante largo mirándose al espejo, intentando entender por qué no había sido más sensata, y se sobó con insistencia la cabeza, como si estuviera sacudiéndose el recuerdo de esos primeros días del verano en los que se instaló con Ramón. Pronto, las sospechas de que estaba dando un paso en falso fueron reemplazadas por el reverdecer de una comodidad doméstica que creía olvidada y por la certeza de que había esquivado los malos designios.

Silvia esculcó entre el gabinete del baño y encontró un cartón de tranquilizantes que Teresa solía tomar cuando no la cogía el sueño. Se llevó media tableta a la boca, previendo que el mensaje de Ramón y la anticipación de tener que volver a esa casa para recoger sus cosas le iban a alborotar el insomnio. Salió del baño, dio unos pocos pasos y se tendió sobre el sofá cama.

No tuvo ningún problema para quedarse dormida.

6.

Silvia no esperaba que el encuentro de frente con el verdor de las plantas de plástico de Ramón —un resplandor verdísimo que continuaba inmóvil, indiferente a todo el amor y el desamor que había sentido en tan poco tiempo— abriera un resquicio por el que se comenzaría a colar la tristeza y la culpa. Sin poder controlar sus sentimientos, se permitió algunos momentos de patetismo frente a sus amigos. De manera repetida hacía chistes sobre cómo moriría sola, sobre cómo después de Ramón nadie jamás querría volver a acostarse con ella y sobre cómo, a partir de ese momento, su cuerpo se resetearía y cada día se volvería más virgen.

Pero Teresa, que tanto la conocía, podía leer la amargura detrás del humor de su amiga y, después de esas semanas de larga convivencia, había empezado a portarse de una manera particularmente dulce. A veces se sentaba a su lado en el sofá cama y le decía que no se preocupara por lavar la loza, o le pedía su opinión sobre unas botas que compraría antes de que comenzara el invierno. Le explicaba que no había mejor terapia que meterse a una página china de ropa muy barata, y que podrían pasar horas navegando entre sus estanterías virtuales. Además, la página ofrecía la posibilidad de crear un avatar con las medidas del cuerpo y probarse diferentes atuendos que resultaban aún más baratos si se compraban en mayores cantidades. Cada vez que Teresa veía a Silvia lamentarse por la ausencia de Ramón, le mostraba los diferentes atuendos que estaba lista para comprar. Luego la instaba a hacer lo mismo, para poder aprovechar un mayor descuento, cosa que Silvia hacía con reticencia, pues no dejaba de calcular cuánto daño les haría a sus ahorros sucumbir ante un suéter con el estampado de un panda o a unos leggings de imitación de cuero.

A Silvia la inquietaba la manera en la que Teresa compraba y compraba cosas que, casi a diario, llegaban envueltas en bolsas plásticas y cartones que se acumulaban junto con las cajas que guardaban los regalos matrimoniales que la pareja aún no había destapado. Le causaba angustia pensar que llegaría un momento en que todos esos paquetes cubrirían hasta el último resquicio libre dentro la diminuta sala y se imaginaba, con algo de terror, el instante en el que esas torres de cajas, cartones y bolsas plásticas se derrumbarían sobre ella y terminarían por asfixiarla. Por eso se le había ocurrido proponerle a Teresa que destaparan, clasificaran y guardaran todos los objetos que descansaban dentro de esas cajas que, ahora, le parecían una amenaza de muerte. Y con seguridad las dos amigas habrían comenzado a poner orden, si Javier no hubiera roto el equilibrio de la rutina. Porque esa mañana Javier solamente sirvió dos tazas de café: una para Silvia y otra para él.

Cuando Teresa se acercó a la mesa y vio que faltaba una taza, su taza, quiso disimular la furia. No quería hacer sentir mal a Silvia, mucho menos hacerla ver como una intrusa. Pero ese equívoco de Javier, siempre tan dispuesto a atender hasta su más extraño capricho, le generó una profunda sensación de fastidio. Era como si se hubiera despertado en Teresa un monstruo caníbal que quería saciar el hambre de carne devorándose a gritos a su marido. Antes de que pudiera estallar la tormenta, Javier hizo un chiste sobre cómo se había olvidado de que su mujer había pedido permiso para quedarse con Silvia y arreglar las cajas, e intentó suavizar la mirada de Teresa con un comentario cursi. Silvia quiso cederle su taza a la rubia, pero ella respondió que prefería prepararse el café sola porque, en esos años de convivencia, Javier jamás le había atinado bien a la medida de su gusto.

Un silencio espeso se posó sobre el apartamento y esto avergonzó a Teresa. Era evidente que no se sentía cómoda discutiendo con su marido frente a Silvia. Decidió hacer como si nada y le preguntó a su amiga si recordaba el café horrible que tomaban en la universidad porque era gratis y cómo les causaba una sensación de tripas pegadas al esqueleto. Javier aprovechó la conversación entre las amigas para anunciar que saldría a correr, pero sus palabras fueron esquivadas por Teresa, quien muy amablemente invitó a Silvia a que se tomaran el café metidas en la cama; ya encontrarían tiempo para arreglar la sala.

Tendidas una al lado de la otra, comenzaron a reírse de la foto de perfil de uno de sus conocidos. En la imagen, el hombre aparecía de rodillas, besando la barriga embarazada de su esposa. La mujer, vestida con una túnica que intentaba emular el traje de una princesa celta, se tomaba con las dos manos el vientre y miraba fijo hacia la cámara con una sonrisa impostada. Silvia intentó copiar el incómodo gesto de la mujer y eso hizo que Teresa reventara en carcajadas. No podía entender cómo era posible que alguien se prestara para un estudio fotográfico tan infame e hizo un comentario sobre cómo a Javier jamás se le ocurriría ponerla en una situación así. Silvia, medio en broma medio en serio, le dijo que si ella hubiera quedado embarazada de Ramón seguro lo hubiera obligado a posar con un fondo *kitsch*, a lo que Teresa respondió torciendo los ojos. Todo tenía un límite, hasta la ironía *hipster* del artista.

La conversación continuó y Silvia aprovechó para contarle a Teresa que estaba desesperada por plata. A veces revisaba una página de clasificados en la que ofertaban empleos extraños, como hacer la limpieza de casas pero *topless* o ser asistente personal de una médium. El problema era que, aun en esas empresas informales, pedían tener todos los papeles en regla. Esto la frustraba, pero no hasta un punto insoportable, pues lo que realmente la atraía eran los anuncios que posteaban parejas ejecutivas dispuestas a pagar miles de dólares por óvulos sanos de mujeres jóvenes. Al parecer, ellos ponían los gastos médicos y Silvia solo debía disponer de su material reproductivo, cosa que no le parecía un mal trato. Tendida sobre la cama, le preguntó a su amiga si pensaba que ese sería un proceso invasivo, pero ella no supo qué responder. Más bien le pidió que le mostrara uno de los clasificados y notó que decía de manera explícita que solo estaban interesados en recibir óvulos de mujeres blancas. Revisaron otro par de anuncios en los que la condición era la misma y Silvia, con su piel morena, su risa estridente y su pronunciación machacada, supo que tal vez sería más fácil falsificar un certificado de inmigración para que la contratara la médium que cambiar enteramente su lugar de nacimiento y sus costumbres. Al final, hizo una broma sobre cómo su trabajo soñado se le había escapado de las manos por haber nacido en la latitud incorrecta y volvieron a burlarse de la pareja expectante.

—¿En serio se te cruzó por la cabeza tener hijos con Ramón? —preguntó Teresa con un tono de voz que transitaba una finísima línea entre la incredulidad y la burla.

Silvia se encogió de hombros y pensó en que aquellos niños peludos no se le habían vuelto a aparecer desde que puso pie en el apartamento. No era que el instinto maternal brotara de manera espontánea desde sus entrañas, ni siquiera se había detenido a pensar en las implicaciones financieras y ambientales de reproducirse; solo pensaba que, eventualmente, llegarían, pues eso era lo que se esperaba de una mujer adulta. Y, aunque siempre hacía chistes sobre lo poco que aguantaba a los niños y se amargaba cuando se veía obligada a compartir espacio con ellos, como en aviones y restaurantes, pues sentía que su tono de voz, sus preguntas sosas y su llanto eran insoportables, sospechaba que su fastidio se calmaría cuando se tratara de su misma carne.

—Lo digo porque no te imagino con tu cochecito, llevando al bebé a clases de estimulación temprana. Yo tengo que correr en las tardes para que Bobby pueda cumplir con sus clases de arte, natación y pilates —continuó Teresa.

—No puedo creer que uno a los cuatro años tenga la agenda llena —rio Silvia—. ¿Cuánta plata se gastarán en ese niño al mes?

La pregunta no le causó mucha gracia a Teresa, quien sintió que la huésped no entendía lo difícil que era su trabajo.

—Si tanto te preocupa la plata, deberías reconsiderar ese deseo de tener hijos con un artista del hambre —espetó la rubia de manera seca.

Silvia hizo como si no hubiera escuchado el reproche y continuó con la búsqueda de trabajo. Por un momento cerró los ojos y se permitió imaginar que esa cama, ese piso de madera gastada y esas paredes delgadísimas eran propias y se vislumbró de nuevo colgando un televisor pequeño y comprando un par de macetas para crear una sensación de hogar. Si esta fuera su casa, dejaría que las plantas se treparan por encima de todos los muebles. Estaba convencida de que sería capaz de tener un jardín mucho más audaz que cualquiera que Ramón sembrara. La imagen del boricua, ahogado entre ese verde imaginado, la estremeció levemente con satisfacción. Abrió los ojos y, sin pensarlo mucho, le preguntó a Teresa qué pensaba sobre la posibilidad de tomar un trabajo como sujeto de ensayos clínicos de medicamentos.

—No seas necia. ¿Qué voy a hacer cuando te salgan orejas en la frente? —respondió la rubia con un tono de voz que irritó a Silvia, pues pensó que esa manera de hablar se parecía muchísimo a la condescendencia con la que le hablaba su madre—. Tiene que haber otra manera de ganar dinero sin que tengas que modificar tu cuerpo.

—¿A esto sí le vas a poner un límite ético? —comentó Silvia con la voz muy baja, casi como entre un susurro.

Desde que se conocían, Teresa había sido muy franca: se moría por tener hijos, pero bajo ninguna circunstancia quería quedar embarazada. Cada vez que una actriz famosa daba entrevistas explicando cómo había alquilado un vientre para no atrasar la producción de una película o porque no quería deformar su cuerpo, Teresa escuchaba atenta y sonreía con complicidad. Estaba convencida de que no había nada más desagradable que el cuerpo de una mujer embarazada y tenía la convicción de que ella no iba a someterse a un doloroso trabajo de parto. La aterrorizaba pensar en los vientres hinchados, cubiertos de estrías violáceas que se prendían como parásitos a la piel templada de las futuras madres. Cada vez que veía a una mujer embarazada sentía que estaba viendo una bomba de tiempo andante, y le causaba arcadas el revoltijo de tripas que tenía que acomodarse para poder alojar un cuerpo extraño. Además, no tenía interés alguno en sacrificar su masa muscular, mucho menos la firmeza de su piel, por el milagro de la vida. Tanta era la fobia que sentía al embarazo que constantemente leía foros en internet en los que las mujeres discutían las horrorosas secuelas del postparto. Le generaba inmenso placer descubrirse hermosa, frente al espejo, después de haber pasado largas horas en redes sociales viendo fotos de nuevas madres, casi calvas y con los dientes flojos.

El poder que Teresa había descubierto en su belleza —la manera en la que los extraños la trataban, siempre con una gran sonrisa, gracias a la simetría en su rostro— acentuaba la repugnancia que sentía hacia el embarazo y en algún momento quiso tomar medidas definitivas. Había consultado con su ginecóloga de confianza sobre la posibilidad de hacerse una ligadura de trompas, pero la doctora se había negado enfáticamente a hacer el procedimiento, argumentando que era muy joven y que podría arrepentirse a mediano plazo. Acto seguido, le había ofrecido un catálogo de métodos de anticoncepción que duraban de tres a doce años, momento para el cual ya podría haber pensado mejor la decisión de no tener hijos. A pesar de la rabia que sentía por no encontrar una solución definitiva, se había decidido por uno de esos dispositivos intrauterinos. No podía creer que esa mujer, solo por el hecho de ser médica, o por ser mayor, o por haberla atendido desde que le llegó su primera regla, pensara que conocía mejor su cuerpo que ella misma. Si algo sabía Teresa era que su útero era un paisaje gélido y vetado. Una región infértil y protegida, alejada de cualquier sobresalto o furor futuro.

—No escuché lo que dijiste. Habla más fuerte —respondió Teresa, desafiante.

—¿Estás bien? Pareciera como si estuvieras molesta conmigo —musitó Silvia, en un afán por bajarle el tono a la conversación que, a lo largo de la mañana, había tomado unos bemoles que la hacían sentir intranquila.

Teresa le pasó el brazo a Silvia por detrás de la cabeza, en un remedo de abrazo que le hizo creer que ya todo estaba zanjado. Era un intento por calmar la hostilidad y por que Silvia entendiera que sus consejos se los daba con cariño. Su amiga se veía tan frágil, como un cachorro dejado a la intemperie, que no podía tener un instinto diferente que el de intentar protegerla. Sin embargo, Teresa no había podido sacarse la imagen de las dos tazas de café que había visto sobre la mesa esa mañana. Estiró las piernas y le preguntó a Silvia de dónde había salido esa cercanía con Javier, que parecía impostada. ¿Acaso quería robarle al marido? Ese pensamiento mezquino, que espetó como quien no es consciente de la fuerza con la que puede salir un golpe, en lugar de herir a Silvia, hizo que se muriera de la risa. Mientras las carcajadas retumbaban por las paredes del apartamento, un pensamiento se plantó en Teresa. Después de unos segundos se lanzó al ruedo y le confesó a su amiga que Javier estaba muy impaciente por reproducirse.

Silvia no entendía cómo era posible que sus amigos estuvieran casados y que al mismo tiempo fueran unos completos desconocidos. Recordó todas las veces que iba donde Teresa a contarle sus decepciones amorosas, y cómo ella siempre atinaba a decir que Silvia tenía muchas expectativas porque pensaba que el amor era más parecido a una película de Disney que a una seguidilla de días en los que se acumulaban los platos sucios. Silvia sabía que a veces se apresuraba con hombres que no parecían estar dispuestos a comprometerse de lleno con ella, pero no le cabía en la cabeza que sus amigos jamás hubieran discutido la fobia al embarazo antes de casarse. Reconocía que Teresa era muy hábil a la hora de persuadir a sus interlocutores. Había atestiguado numerosas veces la belleza impresionante de la rubia cuando hipnotizaba a sus pretendientes. Sin embargo, este ocultamiento parecía más serio, más grave, y no veía cómo su amiga podría convencer a Javier de cambiar de opinión.

—¿No te pasa que a veces coger te harta? —preguntó Teresa dando un brinco fuera de la cama.

Y antes de que Silvia pudiera responderle algo, la rubia tomó las dos tazas de café que seguían en la mesa y las llevó a la cocina.

Silvia caminó detrás de su amiga y la acompañó hasta el lavaplatos. Se adelantó, en un afán por encargarse de la loza, pero, justo cuando iba a abrir el grifo para comenzar a lavar las tazas y todos los platos sucios que estaban desde la noche anterior, Teresa le pidió que lo dejara. Ella era su huésped y podía pasar un día sin lavar los trastes. Además, desde que ella había llegado al apartamento, las cucarachas no habían vuelto. Lo mejor sería que la acompañara a comprar unas cosas para preparar el almuerzo. Más tarde se encargarían de todo eso.

7.

Las dos amigas se habían conocido en el pregrado, cuando compartieron una electiva sobre teatro japonés. Al principio mantuvieron una relación cordial, pero conforme avanzaba la clase se fue creando una complicidad sutil entre ellas. Cada vez que el profesor hacía un análisis pretencioso, los ojos de Teresa se encendían y, casi de manera automática, hacían contacto con los ojos de Silvia, que siempre respondía con un guiño gracioso. Estos gestos fueron dando paso a intercambios de sonrisas, que luego se convirtieron en conversaciones amables al salir de clase y luego se transformaron en cafés y almuerzos en los que Silvia se lucía imitando el acento afectado del profesor.

Poco a poco, entre ellas se fue tejiendo una amistad en la que la forma de ser de Silvia, una cabrita loca, decía Teresa, le detonaba un fuerte instinto de protección hacia ella. Durante esa época, la rubia tenía un noviazgo estable con un estudiante de Lingüística y, siempre que podía, le hablaba a su amiga sobre el interesante mundo de la morfosintaxis y sobre su deseo de irse a estudiar a una universidad gringa que le brindara una educación de mayor calidad. Teresa ponía todos sus esfuerzos en convencer a Silvia de la importancia de planearse un futuro con cuidado, pero, cuando el semestre terminó y ante el desinterés de Silvia por comenzar a labrarse una carrera académica, la amistad entre las dos se fue enfriando.

Años más tarde, cuando las dos amigas recuperaron el contacto gracias a un grupo de Facebook, Silvia notó la ubicación extranjera de Teresa y sintió un golpe cálido en el pecho. Admiraba su determinación testaruda para conquistar sueños. O eso parecía desde el otro lado de la pantalla. Presa del morbo, durante varias semanas, se puso en la tarea de espiar los álbumes de fotos que estaban colgados en la página de Teresa, intentando rastrear a ese novio estable y la vida académica que tanto había planeado. Examinaba fotografías que la rubia había catalogado por ciudades y años, y se quedaba muchas horas viendo los álbumes de Nueva Orleans, Yosemite y San Francisco, una y otra vez, fijándose en los diferentes cortes de pelo y sonrisas que su amiga compartía con extraños. Pero por ningún lado aparecía el novio lingüista e, impulsada por su avidez de chisme, Silvia le escribió preguntándole por las últimas noticias de su vida. Teresa respondió rápidamente, con una emoción desmesurada ante el reencuentro, y le contó que, desde hacía un tiempo, vivía en un pueblo cercado por maizales y trabajaba como maestra de escuela. Ahora tenía una relación estable con un ingeniero ambiental de Costa Rica, con quien disfrutaba dar largos paseos en la naturaleza. Cuando Silvia le preguntó por sus ambiciones de lingüista, Teresa se rio y le respondió que esos eran sueños de una niña tonta. Era claro que la mejor manera de vivir en ese país era con un trabajo estable, y no había una mejor visa que la que ofrecía la empresa educativa a la que ella estaba afiliada. Además, por cada mujer que reclutara le daban una bonificación, así que se ponía a su disposición para que Silvia diera por fin el paso de irse a vivir al extranjero.

Las amigas perdieron nuevamente el contacto durante un año.

Durante ese tiempo, Silvia tomó un trabajo burocrático que poco a poco le apagaba la curiosidad por la vida, pero que le aseguraba estabilidad económica. Cuando logró tener algo de dinero, buscó diferentes opciones para irse al extranjero. Pensó en tomar maestrías en artes escénicas en Barcelona o cursos de guion en Australia, pero después de hacer las cuentas hizo las paces con que solo le alcanzaba para tomar un modesto curso de actuación en un *community college* que quedaba justo en el pueblo donde vivía Teresa. Pensó que no era una mala opción, entre todas las posibilidades que se le aparecían para cambiar de vida. Solo tendría que aguantar seis meses de clases y luego podría conseguir un trabajo como actriz que le permitiera ganar en dólares, tal vez grabar una película algún día. Se animó a preguntarle a Teresa cómo hacer un presupuesto mensual y cómo era la logística de transporte. Estaba segura de que, cuando empezara a trabajar, le alcanzaría para comprar un carro usado y hacer *road trips*. Se imaginó sentada en un *diner* gringo, como en las películas, comiéndose un plato inmenso de wafles con pollo frito y sonrió pensando en el futuro. No le escribió nada a Teresa sobre estas fantasías, pero sí hizo un listado práctico de preguntas, y se sorprendió al recibir un correo extenso en el que la rubia le contaba que ahora estaba viviendo en la ciudad, pues la vida en el campo le había parecido insulsa. También le contaba que hacía unos meses había comenzado un curso de *marketing* digital y que estaba dichosa porque ahora trabajaba cuidando al bebé de Helen, una gran ejecutiva que, más pronto que tarde, le daría la oportunidad de trabajar en su empresa. Al final del correo, Teresa hablaba sobre cómo la vida en la ciudad era fascinante, pero mucho más cara, y le pedía a Silvia que no se desanimara. Que ella la conocía y sabía que podía conformarse con poco. Tan pronto leyó esto, sintió algo similar a la rabia. No entendía por qué Teresa aseguraba conocerla tan íntimamente cuando era clarísimo que, a lo largo de los años, las dos habían cambiado tanto como sus aspiraciones. La rabia dio espacio a la culpa cuando Silvia leyó las últimas líneas del correo: estarían cerca y Teresa la extrañaba. Podría visitarla cuando quisiera. Su casa siempre tendría las puertas abiertas.

Esa promesa tranquilizó a Silvia, que a veces dudaba de su decisión de intercambiar una vida llena de comodidades por la restringida vida de estudiante. A lo largo de varios días leyó y releyó las últimas frases del correo que le había escrito su amiga, hasta que se convenció de que allí se cifraba un buen augurio: ese país le permitiría inventarse tantos sueños como vidas se había inventado Teresa. Se imaginó viajando por carreteras larguísimas, subiendo álbumes de fotos a los que les pondría nombres como «Lo que pasa en Las Vegas se queda en Las Vegas» o «Miami me lo confirmó» y entendió que la mejor decisión era la de irse. En menos de un mes, Silvia estaba tomando un avión hacia ese futuro que parecía tan ancho y despejado como aquellas carreteras que se le aparecían en sueños.

El recuerdo de esa idea de futuro, repleta de viajes y de pollo frito, irrumpió en sus pensamientos mientras esperaba a Teresa frente al supermercado que quedaba a unas cuadras del apartamento. Algo en el olor dulzón de la manteca, que salía de un local de comidas rápidas y alcanzaba a invadir la calle, hizo que Silvia volviera a pensar en ese carro usado que aún no había podido comprar. Mientras su amiga iba por un carrito, se quedó un rato mirando su reflejo en una de las ventanas del supermercado y le pareció simpática la manera en la que la luz y las letras que estaban calcadas sobre el vidrio hacían que su rostro luciera blanquísimo y alargado, como si en lugar de nariz tuviera un hocico. Se entretuvo por un momento con esa imagen y se tocó varias veces los cachetes y las orejas para asegurarse de que aún seguían allí; que su cara no se hubiera transformado por completo en el rostro de una vaca. Justo cuando se pasaba las manos por la cabeza, corroborando que seguía siendo una mujer joven y no un remedo de ternera, Teresa la sorprendió por detrás y le preguntó qué era eso que miraba tan concentrada. Silvia rio y abrazó a su amiga con emoción.

Juntas entraron al supermercado.

8.

Teresa siempre había sido mucho más reservada que Silvia.

Como si su amistad se hubiera erigido sobre un libreto que ninguna de las dos transgredía, cada una actuaba un rol que parecía complacerlas. Silvia hacía como si fuera desordenada y atrevida, y se metía en enredos que escandalizaban y divertían a Teresa, mientras que la rubia gozaba encarnando el deber ser. Se relamía de gusto cada vez que actuaba como la voz de la razón. Cuando Silvia aparecía con una nueva aventura amorosa —casi siempre sazonada por el absurdo, como cuando hizo un trío con dos hombres que eran primos o cuando salió brevemente con el padre de una compañera de universidad—, Teresa fruncía el ceño y la reprochaba. La rubia no podía entender cómo una mujer tan inteligente e independiente como su amiga terminaba siempre metida en situaciones que la rebajaban a ser solo un cuerpo. Por su parte, para Silvia resultaba inconcebible que, durante el tiempo en el que habían sido amigas, Teresa jamás le hubiera hablado de su vida sexual. La imaginaba candente, llena de jornadas incansables en las que la rubia no necesitaba parar ni a comer ni a beber, porque su cuerpo podía abastecerse solamente con sudor y tacto. ¿Acaso no era por eso que se mantenía emparejada?

La pregunta de Teresa sobre la inapetencia sexual había dejado a Silvia un poco desconcertada y, antes de que pudiera decirle cualquier cosa, escuchó la voz de la rubia retumbar entre las góndolas que rebosaban de manzanas y naranjas, confesándole que hacía casi un año no se acostaba con Javier. Entre el ritmo de la ciudad, el estrés del trabajo, y los agobios financieros, Teresa no entendía cómo su marido tenía cabeza para fornicar. Además, desde que se le había metido la idea de que tenían que engendrar un hijo, la insistencia en que se dejara penetrar se había agudizado. Ella había aprovechado para decirle que, cuando se quitara el dispositivo intrauterino, era necesario esperar al menos tres meses para volver a tener sexo. Le había mentido para distraerlo y ahora, que el plazo se había cumplido, Teresa agradecía que su amiga hubiera llegado a quedarse con ellos. Eso lo estaba manteniendo a raya. Javier se moriría de la vergüenza si supiera que Silvia los escuchaba coger.

—La última vez que lo intentó fue cuando fuiste a traer las cosas de la casa de Ramón. Hice todo lo posible por distraerlo y al final lo hicimos muy rápido. Me quité antes de que pudiera venirse adentro.

—¿Y no te dijo nada?

—La verdad, estaba tan complacido de verme desnuda que ese semi sexo le pareció bien.

Silvia recordó que el sexo con Ramón siempre había funcionado, hasta en los peores momentos de hastío. Algo en la cotidianidad compartida, que al principio la había satisfecho, la aburrió y la impacientó pronto. A medida que pasaban los meses y la convivencia se hacía más rutinaria, sentía nostalgia de la cacería a la que se habían entregado en un principio. A las pocas semanas de instalarse en el apartaestudio de Ramón, las conversaciones y risas habían sido reemplazadas por una tranquilidad cómoda que la hacía añorar otras presas. Más que como una compañera, en la casa de Ramón se sentía como una de esas plantas de interior plásticas que nadie tenía que alimentar con abono y agua filtrada. Ese final de verano, antes de que pudiera conciliar el sueño, Silvia pensaba en un hombre casado con el que había salido durante un buen tiempo. Desde que se habían conocido, el hombre había sido muy claro. Quería salir con Silvia, le parecía una mujer fascinante, pero en ninguna circunstancia dejaría a su esposa. A ella esto le pareció un trato justo. No estaba interesada en ser la mujer de nadie, mucho menos de hacerse cargo de las emociones de un cuarentón encaminado hacia un divorcio. Sin embargo, a medida que se conocían más y compartían más rincones y secretos, indefectiblemente terminaron enamorándose. A pesar de que Silvia podía ver en los ojos del hombre un ardor profundo por ella, de que cuando se acostaban él se entregaba a su cuerpo como si estuviera degustando un banquete exquisito, y de que en momentos parecía como si él fuera a estallar de tantísimo placer, la fuerza que se creaba dentro de sus encuentros jamás se equiparaba a esa sensación de familia que provenía de su esposa. El hombre había tejido un vínculo primigenio con esa mujer, que se llenaba mucho más de pragmatismo y de afecto que de lujuria, y Silvia pudo entender que su cuerpo era solamente un invitado que se colaba a veces en esos almuerzos familiares de domingo. Sin mucho remordimiento, dejó al hombre casado, pero desde entonces la atormentaba la pregunta sobre si algún día llegaría ese momento en el que ella escogería un paisaje doméstico, un conjunto organizado de macetas, por encima de la euforia que le causaba perderse dentro de la manigua infinita que era su propio deseo.

Desde que Silvia había llegado a ese país frío, todas las preguntas por la botánica y el romance se habían adormilado. Sin embargo, cuando conoció a Ramón, ese mandato por establecerse y reproducirse se convirtió en una fijación casi supersticiosa. Silvia, sintiéndose siempre inadecuada por rechazar lo convencional, pensó que era hora de suavizar su corazón y permitir que él la sedujera con promesas domésticas. Se convenció de que el antídoto a todos los malos designios estaba en armar un hogar con ese hombre que, cuando menos, podría brindarle un estatus migratorio mucho más conveniente.

Y sin embargo.

El paisaje emocional que se había empezado a perfilar dentro del apartaestudio de Ramón era el de un tedioso desierto, que a veces Silvia sacudía para ver si detrás de las tormentas de arena descubría un oasis. Cada vez que ella intentaba poner el tema de los hijos que Ramón había dejado en la isla, él respondía con evasivas o se encerraba en una muralla de silencios. Esto hacía que Silvia insistiera cada vez más, hasta que él se mostraba irritado y distante. Ella sabía perfectamente cómo llamar la atención del artista y cómo provocar peleas que, sin excepción, terminaban en reconciliaciones melosas en las que juraban no volver a decirse cosas horribles, ni volver a hacerse tanto daño. Algo en ese intercambio de rabia y frustraciones que siempre remataba en una dulzura que no era usual en Ramón vigorizaba a Silvia. Con cada discusión, ella dejaba de sentirse opaca. Reverdecía, como si se alimentara del sobresalto. Cada vez que se sentía aburrida, se comportaba de manera volátil y, cuando la hostilidad de Ramón se avivaba, sabía la manera de continuar detonando su impaciencia. Peleaba con furia. Insistía en que quería conocer a sus hijos y pasar Navidad con ellos y, cuando él se negaba, comenzaba a llorar de la rabia y le preguntaba por qué la consideraba tan poca cosa. Daba portazos. Alaridos. Cualquier cosa que sacudiera ese territorio árido que quería confinarla en una maceta. En medio de la tempestad y la rabia, Silvia encontraba consuelo imaginándose como una planta carnívora hambrienta, capaz de devorarse enteros, sin ningún remordimiento, a Ramón y a sus crías.

Ahora, mientras escuchaba las confesiones de su amiga, Silvia solo podía pensar que, de haber preferido la calma a la tormenta, no llevaría casi un mes durmiendo de manera tan incómoda en un sofá cama desbarajustado. Si se hubiera mordido la lengua y hubiera dejado de prenderle fuego al vínculo con Ramón cada vez que podía, ahora mismo estaría invirtiendo su dinero en un asador o en un permiso de trabajo.

Se sintió culpable.

Silvia se ofreció a pagar las compras y cargó las dos bolsas de papel a lo largo de las tres cuadras que quedaban entre el supermercado y el apartamento. Subieron por el ascensor en silencio, pero, apenas cruzaron la puerta, Teresa comenzó a hablar sobre unos planes de viaje que estaba haciendo para el verano. Silvia tomó las compras y las organizó sobre el mesón, y esta actividad la entretuvo tanto que no se dio cuenta del momento en el que Teresa salió de la cocina. Ahora la rubia buscaba algo dentro del clóset que estaba en el pasillo y que alojaba papeles y ropa vieja. Mientras su amiga escarbaba, Silvia dio un paso y llegó a la sala, para así hacerle compañía. Le comentó algo sobre un trabajo como profesora de español al que se había postulado y del que estaba esperando respuesta. Estimaba que sus ahorros aguantarían otro mes de desempleo, pero necesitaba conseguir dinero pronto para pagar los tres meses de depósito que pedían por adelantado los arrendatarios para las habitaciones. Teresa aplaudió la inteligencia financiera de su amiga e hizo un comentario sobre cómo a ella le resultaba imposible ahorrar. Mientras enumeraba las deudas de tarjeta de crédito que apenas alcanzaba a pagar, salió del armario con un pedazo de tela iridiscente entre las manos. Se lo entregó a Silvia, quien se extrañó de la sonrisa inmensa con la que su amiga le entregaba la prenda.

—Es para ti —dijo Teresa emocionada.

Silvia desarrugó la tela e intentó darle forma. Se trataba de una blusa con cortes extraños que no parecía acomodarse a su estilo.

—Es de diseñador —continuó su amiga—. Creo que es la pieza de ropa más cara que he comprado, pero se encogió en la secadora. Pruébatela. Estoy segura de que se te verá muy bien.

Silvia se quitó la camiseta e intentó descifrar cuál era la manga y cuál era el orificio del cuello de la blusa que le estaban regalando. Después de darle vueltas unos segundos, Teresa se acercó para ayudarla.

—¡Se te ve muy bien! —le dijo mientras la acercaba al único espejo de cuerpo completo que había en el apartamento y que estaba justo al frente de la cama de la pareja.

—No sé si sea un buen feng shui tener ese espejo ahí… —pensó Silvia en voz alta.

—También podrías ser agradecida —reprochó Teresa.

Silvia se disculpó y se quedó viendo su reflejo. Se sentía incómoda con la blusa y no se imaginaba un escenario en el que pudiera usarla. Además, el brasier que tenía se salía por algunos de los cortes y le marcaba unos rollos en la espalda. Disimuló su inconformidad y le pidió a Teresa que le tomara una foto para mandársela a su madre. Silvia pensó que tal vez a ella le gustaría la blusa y que podría regalársela, mientras que Teresa entendió el gesto como una celebración de su generosidad y se sintió complacida. Le tomó un par de fotos a su amiga y luego la ayudó a quitarse la blusa. Silvia la dobló con cuidado y la llevó a la sala, donde estaban puestas sus maletas. Mientras empacaba la prenda en ese armario itinerante, Teresa gritó algo desde el cuarto. Silvia lo entendió como un llamado y se acercó a la puerta para pedirle a su amiga que repitiera lo que había dicho.

—Nada de esto a Javier ni a Ramón.

Silvia la miró extrañada. No se le ocurría en qué escenario podría estar a solas con Javier para contarle las confidencias reproductivas de su esposa, y era bastante improbable que reanudara la comunicación con Ramón. Pensó en que la advertencia daba cuenta de la aguda paranoia de Teresa y decidió no tomarse personal el comentario. Pero cuando volvió a la sala, sintió un estremecimiento. Intuyó que el desastre se escondía detrás de esa demanda. Teresa le había pedido prudencia, no porque no confiara en ella, sino porque la verdad acerca de los hijos que la rubia jamás pariría podría remover los cimientos sobre los que se organizaba la vida cómoda que latía dentro del apartamento. Y ese orden era tan frágil, apenas un simulacro, que ahora dependía únicamente de su silencio. Mientras Silvia guardaba la camisa, se preguntó si Teresa pensaba que convencerla de mantener el secreto dependía de llenarle las maletas de ropa vieja y pasada de moda.

—No te preocupes —exhaló y luego balbuceó de manera amable—. No voy a decir nada.

9.

La pesadilla interrumpió la noche. Silvia se despertó empapada y el corazón le latía muy rápido.

No sabía muy bien dónde estaba. Después de palpar la blanda superficie del sofá cama en el que llevaba poco más de un mes durmiendo, entendió que estaba en la casa de sus amigos y quiso vencer el pudor que le causaba levantarse por un vaso de agua.

Intentó hacer el menor ruido posible, a pesar de que las manos le temblaban. Tuvo miedo de que el vaso se le escapara de las manos y se concentró en mantener un agarre firme del vidrio entre los dedos. No entendía por qué estaba tan agitada. Ya había tenido ese sueño antes, solo que en aquel momento había creído que esas imágenes eran la manifestación de una premonición. Ahora, mientras intentaba volver al sofá cama a tientas, comprendía cómo esos símbolos se habían deformado y se habían convertido en una pesadilla.

Se sentó en el sofá cama a oscuras y dio un sorbo. Pensó en Ramón y en el tiempo en que comenzó el conflicto. Justo cuando empezó a manifestarse el sueño:

Allí se veía tendida, en medio de un prado gigantesco, con las piernas muy abiertas. De repente, tenía que pujar y, sin sentir dolor alguno, daba a luz a un cogollo de lechuga. La secuencia no era clara, pero recordaba ver un cielo azul inmenso y también al cogollo resplandeciente. La primera vez que tuvo ese sueño, un hombre aparecía y miraba con muchísimo amor a su hijo. Con los días, Silvia quiso interpretar que ese hombre que aparecía frente a ella era Ramón, rebosante de admiración, con el cogollo en brazos, iluminado con la ilusión de la nueva familia que se conformaba.

Cada vez que peleaba con Ramón, Silvia se aferraba a la idea de que él era el hombre que se le había aparecido en sueños. Era un augurio que solo se le manifestaba a ella y no podía ser necia. Sin importar el daño que cada uno le causara al otro con sus palabras, el sueño evidenciaba que había un final feliz cifrado en las hojas de ese cogollo que ella paría despreocupada. Insistía en el sueño, a pesar de que los días en la casa de Ramón se iban en una danza repetitiva y maniaca, y a cada agresión suya, él respondía con irritabilidad y un silencio insondable. Durante esa mala época, Silvia guardaba el sueño como si fuera un talismán y se convencía diariamente del poder de ese amuleto. Tanto que, el día que pronunció lo imperdonable, pensó que las fichas caerían a su favor y que por fin Ramón se entregaría a la posibilidad de fecundarla y de estar juntos por siempre.

Pero las cosas no salieron como Silvia lo había calculado.

Y cuando dio un ultimátum, la respuesta de Ramón fue decirle que tenía toda la razón y que lo mejor era que no estuvieran juntos. Y ahora Silvia se encontraba despertando de ese sueño de nuevo, después de haberse visto a sí misma dando a luz a un cogollo, pero esta vez confinada dentro de los márgenes del incómodo sofá cama.

Esa madrugada algo había cambiado en el sueño. Ahora la secuencia no la consolaba, sino que la aterraba:

En lugar de un cielo azul, se le había aparecido una luz blanca que le hería los ojos. Silvia entendía que estaba en medio de un consultorio médico, y podía verse abierta de piernas, con el metal tosco de unos estribos que se le clavaban en los pies descalzos. Una vez más, paría al cogollo de lechuga, pero nadie estaba cerca para levantarlo. Silvia intuía que tenía que proteger a su bebé, pero le resultaba imposible mover los pies de los estribos y no podía gritar para pedir ayuda. Entre más intentaba ayudar al cogollo, cuyas hojas comenzaban a marchitarse bajo sus piernas, más la tomaba la parálisis, hasta que una certeza de podredumbre la hizo despertar de un brinco.

Dejó el vaso de agua a medio tomar e intentó cerrar los ojos. Dentro de los párpados aparecía nuevamente un destello de esa luz blanca y comenzó a sudar frío. Abrió los ojos y pensó que no podía dejar que el insomnio le ganara la partida. Cerró los ojos y buscó sucumbir al sueño, pero estaba muy despierta. No podía quitarse de encima esa sensación de desprotección que la invadía cada vez que pensaba en que Ramón ya no estaba. Un leve malestar le nubló la mente, pero quiso sacudirlo pensando en que tal vez ya era hora de dejar atrás el pasado. Agradeció tener a sus amigos y el apartamento en ese momento. Pensó en todos esos objetos que estaban dentro de las cajas, aguardando ser destapados, y fantaseó con cómo sería tener un lugar para ella, en donde pudiera abastecerse de cualquier tipo de electrodomésticos. La imagen de una aspiradora a vapor finísima, con la que pudiera recoger hasta el más mínimo resquicio de polvo, le hizo sentir algo de tranquilidad. Ensayó una de las técnicas de respiración contra la ansiedad que Teresa le había enseñado y, con cada exhalación, añadía a una lista de compras imaginaria muebles y aparatos que exhibiría cuando por fin encontrara una casa. Entre el duvet y la freidora de aire, la imagen de Ramón se fue desdibujando.

Deseó que, al llegar el amanecer, el recuerdo de la voz ronca del boricua se le hubiera borrado del todo.

10.

Fue Teresa quien convenció a Silvia de abrir una aplicación de citas.

Al principio quiso resistirse. Poco o nada disfrutaba hablar con extraños, mucho menos tener que fingir interés en conversaciones vacías sobre el clima o el trabajo. Quiso explicarle a su amiga que se sentía bastante rara al pasar por las fotos de perfil de diferentes hombres como quien intenta comprar maquillaje por catálogo, y lo mucho que le costaba coquetear en inglés, pero Teresa le rogó que lo intentara. Le prometía que las aplicaciones de citas no serían ese valle yermo y triste que ella se imaginaba. Además, Helen decía que los hombres ya no tenían tiempo para conocer gente a la antigua.

—Es más probable que conozcas al amor de tu vida en una aplicación que en un bar. ¿Cómo vas a cerrarle las puertas al destino?

Silvia dejó que esas palabras la convencieran, no porque estuviera a la caza de un príncipe azul, mucho menos porque siguiera creyendo en augurios como los que había imaginado cifrados sobre la piel de Ramón, sino porque sintió un llamado hacia la aventura. Después de pasar treinta y cuatro días dentro del apartamento, las jornadas se tornaban monótonas y pensó que sería, cuando menos, conveniente conocer a alguien que le brindara una cama más cómoda que el sofá cama blando al que aún no se acostumbraba. Dio un vistazo por varios perfiles de hombres con sonrisas tiesas que posaban de manera incómoda y, antes de darse por vencida, encontró el perfil de un joven dominicano de pecho ancho que le pareció bastante atractivo. Corrió a mostrarle las fotos a Teresa, y su amiga se entusiasmó ante los ojos claros y las cejas pobladas de ese hombre.

Teresa sintió que debía comentar lo guapo que era el joven para alentar a su amiga a tomar la iniciativa y mandarle un mensaje, pero, antes de que pudiera fingir algo de regocijo, emitió un ruido que no alcanzaba a ser un gemido, sino más bien un grito agudo que puso nerviosa a Silvia. No entendía si las fotos del joven —que aparecía afuera de un concierto de heavy metal en la primera, haciendo ángeles de nieve en la segunda— le desagradaban, y tuvo que intentar adivinar qué se escondía detrás de esas muecas erráticas. Cuando llegaron a la tercera foto, el gritito se convirtió en un alarido que alertó a Silvia.

—¿Te volviste loca? ¿Cómo se te ocurre darle *like*?

Silvia se quedó mirando la pantalla del teléfono de manera desconcertada. El pelo castaño del joven le caía desordenado sobre la frente y en su rostro se dibujaba una media sonrisa que lo hacía ver como un niño travieso. Silvia no entendía qué era eso tan desagradable que tenía la foto y volvió a analizarla en detalle. ¿Sería la ausencia de filtro que la hacía ver un poco oscura? ¿El mal corte de pelo que ella encontraba profundamente sexy? ¿La calidad de la foto que evidenciaba que se había tomado con un Android y no con un iPhone?

—Trabaja como *delivery*. Míralo con la bicicleta y el uniforme —espetó Teresa, con un dejo de fastidio en su voz.

—Tú eres niñera —respondió Silvia de manera insolente.

—Por favor, son condiciones diferentes. Seguro ni tiene papeles.

—Pues, en este momento, yo tampoco.

—Silvia, él no es como nosotras —sentenció la rubia, y se marchó de la sala, dejando suspendidas esas palabras.

Se sintió frustrada. No entendía por qué Teresa tenía que ser tan tajante en sus juicios, sobre todo cuando se refería a su deseo, y sintió algo parecido a la rabia centellearle sobre el pecho. Quiso pegar un grito contundente, un grito que se distanciara de los discretos gemidos de Teresa, pero no quería hacer ruido en la sala, así que apretó los dientes con fuerza para desfogar la frustración que a veces le causaba su amiga. Quiso sujetar sus largas piernas entre las muelas y quebrarlas de un solo mordisco.

Ese deseo le produjo alivio.

Luego vino a ella el recuerdo de Teresa, el verano anterior, abrazándola después de advertirle sobre

Ramón. Recordó cómo el reflejo de una guirnalda de luces chocaba contra su cabello y cómo eso la hacía ver como un sol encendido. Ahora la rabia daba paso a un cariño inmenso. Respiró profundo y pensó que era una desagradecida. Teresa siempre había notado lo que para ella pasaba desapercibido y, si era honesta, su amiga pocas veces se había equivocado con los dictámenes que tenía sobre todos esos otros hombres que alguna vez había deseado. Decidió que esta vez haría las cosas diferente y comenzó a buscar otro tipo de hombre. Le puso un corazón al perfil de un gringo al que le gustaba la cocina y el ciclomontañismo y rápidamente concretaron una cita para el fin de semana.

Ese sábado, Silvia se puso un vestido ajustado y se maquilló los ojos. Se arregló el pelo en ondas y se puso un labial magenta que resaltaba la forma de sus labios. Se puso dos capas de medias veladas, para no tener que aguantar tanto frío, y se cubrió con un pesado abrigo de invierno que Teresa recién le había regalado. No le gustaba mucho el color, pero pensó que era mejor que nada; todos sus abrigos estaban arrugados en el fondo de una de las dos maletas en las que ahora guardaba la vida. Salió una hora antes de lo pactado y, después de un lento viaje en bus, llegó a tientas a un bar con nombre hawaiano.

Se quedó en la puerta un rato, observando desde afuera la extraña decoración de caseta tropical que tenía el lugar, hasta que el *bouncer* comenzó a hablarle. La manera en la que estaba vestida llamó la atención del hombre, quien le preguntó en español por su país de origen. Silvia le respondió de manera amable y, cuando el hombre gritó «Shakira, Shakira», ella lo acompañó de manera juguetona, haciendo como si tuviera un micrófono invisible en la mano. Benítez se presentó y le comentó que él había llegado de Puerto Rico a los diecinueve años. Primero había vivido en Nueva York, pero luego decidió moverse al Medio Oeste porque ahí vivía su hermano. La sonrisa dulce de ese hombre bien afeitado, de piel broncínea y que parecía estar llegando a los cuarenta la hizo sentir en confianza. Silvia aprovechó para comentarle que ella había tenido un gran amor puertorriqueño, pero no pudo quedarse mucho tiempo sumergida en el melodrama de los recuerdos con Ramón, pues Benítez comenzó a preguntarle si sabía lo que era una Malta India. Silvia, sabiéndose coqueta, le dio las indicaciones exactas de una tienda en el barrio Latino que vendía la bebida y Benítez, gratamente sorprendido, le preguntó si le gustaba el mofongo con carne frita. Silvia reconocía el fulgor del deseo en los ojos de Benítez y esto la llevaba a mostrarse más encantadora y sonriente. Hasta que se dio cuenta de que iba tarde para su cita. Entonces, se despidió con un beso y un abrazo, a lo que Benítez respondió con igual efusividad, bromeando sobre cómo debían ir por ese mofongo bien jugoso más tarde.

Apenas entró al bar, Silvia sintió el golpe de la calefacción y un olor fuerte a madera húmeda y detergente.

Pudo identificar a Steve fácilmente, pues era el único que estaba en la barra. Se sentaron en un sofá cerca de una mesa de billar, que poco o nada tenía de hawaiana, y comenzaron a charlar sobre el clima. Estaban atravesando los días más fríos del invierno, pero aún no caía nieve, y esa observación les sirvió para intercambiar anécdotas sobre la primera vez que habían visto nevar. Steve había crecido en otro pueblo frío cercado por un maizal y la nieve siempre había sido parte de su paisaje cotidiano, mientras que Silvia la había conocido ya adulta, unos meses después de aterrizar en ese país. Hablaron sobre el origen de Silvia, pero esta vez no hubo canciones de Shakira de por medio, y luego pasaron a hablar sobre el aburrido trabajo de oficina de Steve. En algún momento Silvia quiso hacer un chiste, pero no supo cómo traducir el nombre de una golosina que comía de niña y, por un momento, se hizo un silencio entre los dos. Silvia recordó lo difícil que le resultaba expresarse tranquilamente en inglés y recordó la liviandad que había sentido conversando con Benítez en la puerta. En el ambiente flotaba una canción de Bon Jovi a un volumen moderado y Silvia comenzó a cantarla. Steve la miró con sorpresa y le preguntó si le gustaba esa música. Silvia respondió que prefería la música tropical, pero que había crecido con Bon Jovi porque a su hermana mayor le encantaba. La anécdota dio pie para que ambos describieran a sus familias y, antes de que volviera a hacerse un silencio incómodo, Silvia besó al gringo.

No sintió nada más que la sorpresa de encontrarse con la humedad de otra boca y con el tacto inesperadamente cálido de la nuca de ese hombre. Silvia no se había percatado siquiera de si le gustaba o no Steve. Toda la cita había estado más interesada en seguir el libreto de apareamiento y mostrarse divertida y deseable, sin preguntarse si de verdad encontraba a ese hombre divertido y deseable. Cuando llegó el beso también llegó la certeza. No sentía atracción alguna por ese hombre rubio de buenos modales. Pensó que preferiría estar besando a Benítez y luego pensó que sería muy difícil intercambiar números con su nuevo amigo boricua sin que el gringo se diera cuenta. Maldijo su suerte y se quedó pensando en otra versión de esa noche, en la que la pasaba mucho mejor por quedarse conversando con el portero. Se imaginó que comía todo tipo de delicias con él, al final de su turno, y luego iban a bailar salsa, borrachos de sudor y risa.

Silvia se paró al baño, pero no entró a orinar, sino que se quedó viendo al espejo para matar el tiempo. No quería estar más en silencio con Steve y, mientras se retocaba el maquillaje, empezó a pensar en qué pasaría si se inclinara hacia su deseo y se fuera con Benítez a la casa. Sería un escándalo, probablemente, pues Teresa reprobaría que hubiera cambiado a un gringo ciclomontañista por un *bouncer* puertorriqueño. Por unos segundos, se entretuvo pensando en la idea de Benítez y ella sobre la cama de sus amigos e imaginó que se grababan.

Encontró divertido pensar en cómo pondría el celular sobre la mesa de noche de Javier —que por cuestiones de espacio estaba justo frente a la cama— para registrar todas las posturas que lograría concretar con ese nuevo conocido. Se imaginó en cuatro, lanzándole miradas lascivas a la cámara, e imaginó que, justo en el momento en el que le apretaría las nalgas a Benítez con fuerza para que se exprimiera dentro de ella, Javier y Teresa entrarían y se sorprenderían de verle ese fulgor pagano en los ojos.

Volvió al sofá y vio que Steve había pedido otra ronda. Tomó asiento y el gringo se le acercó. Silvia notó que, en esa cercanía, los gestos del hombre translucían un fuerte deseo hacia su cuerpo y se sintió halagada. Por un instante entretuvo la idea del gringo y ella sobre la cama de sus amigos, lista para grabarse. Se volvió a imaginar en cuatro, pero esta vez, justo en el momento en el que le apretaba las nalgas con fuerza a Steve para que se exprimiera dentro de ella, Teresa y Javier aparecían con una sonrisa macabra dibujada sobre el rostro. Intentó pensar en otra cosa, pero ante ella aparecía una Teresa complacida, que aplaudía enérgica y alentaba más nalgadas. Esta vez eran los ojos de la rubia los que se encendían con ese fulgor pagano.

Steve le puso la mano sobre las piernas, pero, antes de que pudiera besarla, Silvia le retiró los dedos regordetes de los muslos. Le dijo que se sentía muy cansada y que era hora de regresar a casa. Salieron del bar y Silvia aprovechó para despedirse de Benítez con un movimiento coqueto de dedos. No supo si él respondió a su gesto, pues Steve la llamó a su lado y se ofreció a acompañarla hasta la parada de bus. Caminaron en silencio hasta el paradero y, cuando vieron que se aproximaba el bus que le servía, él acercó su boca hasta la oreja de Silvia y le preguntó, entre susurros, si estaba segura de irse sola.

Silvia asintió, pero prometió que lo llamaría para salir nuevamente.

11.

Silvia llegó casi sobre las nueve de la noche y encontró a sus amigos cenando sobrados de comida tailandesa que habían pedido a domicilio hacía unos días. Tan pronto dejó el abrigo sobre la percha, que se encontraba atiborrada de carteras, chaquetas y mochilas, Teresa le preguntó por su cita. Silvia no dijo mucho y, cuando notó que Teresa se veía fastidiada por su hermetismo, decidió dirigir la conversación hacia los apartamentos que había estado viendo esa semana.

Los que realmente habían llamado su atención eran demasiado caros, y los pocos que se ajustaban a su presupuesto eran rentados por personas que buscaban que sus compañeros de cuarto fueran interesantes, divertidos, exitosos y diversos. Silvia podía cumplir con la última condición, pero no estaba tan dispuesta a someterse a más entrevistas parecidas a un *show* de talento que a un estudio crediticio. Sin embargo, hacía la tarea. Se grababa describiéndose como una mujer que amaba cocinar y que disfrutaba las noches de trivia y adjuntaba esos videos a las solicitudes, pero no había recibido mayor respuesta. La única que se había mostrado interesada era la dueña de un espacio que había ido a ver esa mañana y que la había dejado profundamente inquieta.

Silvia les describió el apartamento de manera general a sus amigos y les dijo que estaba bien de precio. Sin embargo, había algo ominoso en ese lugar. Javier se mostró interesado por la historia e hizo un chiste sobre cómo ella era capaz de transformar una simple mudanza en una historia digna de Lovecraft. Javier le preguntó si había encontrado calamares chupacerebros en la nevera y Teresa le pidió que dejara a su amiga contar la historia. Silvia continuó, no sin antes mencionarle a Javier, de forma coqueta y algo arrogante, que el racismo de Lovecraft podía ser casi tan siniestro como lo que había visto esa mañana. Prosiguió a contarles que la chica que lo arrendaba era una argentina que llevaba viviendo un buen rato en la ciudad, pero que, cuando se enteró del país de origen de Silvia, le pidió que siguieran hablando en inglés, pues eso le servía para practicar habilidades de conversación. Mientras ella contaba ese detalle colorido, Javier frunció el ceño. Le parecía ridículo que hubieran llevado una conversación tan importante en un idioma que las dos manejaban a medias. Teresa dio una carcajada y Silvia intuyó que hablar sobre esa mujer entretenía a su amiga, así que continuó narrando las extravagancias de la arrendataria. Les contó que la mujer estaba buscando a un hombre para que ocupara ese cuarto, porque sentía que el espacio necesitaba un poco más de energía yang, pero que no había sentido buena química con quienes habían visitado el apartamento, así que ahora estaba buscando a alguien como ella. Entre risas, siguió hablando de cómo había pensado que la mujer estaba en medio del viaje de una potente droga, pues, durante toda la entrevista, tuvo varias ausencias y también se había tomado dos litros de Coca-Cola directamente del pico de la botella. Teresa hizo una mueca de desagrado y Javier le preguntó a Silvia si estaría dispuesta a vivir con alguien así. Se quedó pensando un momento y al final se encogió de hombros. Luego deseó que lo más extraño en esa casa hubiera sido la forma de tomar cosas de la nevera sin miedo a los gérmenes y no lo que sucedió después.

Antes de salir de la vivienda, le había preguntado a la mujer sobre el precio del cuarto y ella le había respondido que dependía, pues el servicio completo tenía un costo extra de cuarenta dólares. En un primer momento, Silvia no entendió a qué se refería con el servicio completo, tal vez porque el inglés machacado de la argentina era muy difícil de comprender. Le preguntó nuevamente, pensando que tal vez ella quería cobrarle un poco más por la calefacción, pero la respuesta fue aún más extraña. Al parecer, dentro de esa casa había otra arrendataria. Silvia se sintió confundida, pues el espacio no mostraba más que dos habitaciones, un baño y una cocina, pero la argentina le comentó que había adecuado el clóset de abrigos para que Ping pudiera vivir con ella. Se trataba de una mujer china, que se acercaba a los sesenta años y que trabajaba limpiando casas. Por cuarenta dólares al mes, Ping se encargaría de limpiar el cuarto de Silvia una vez por semana. La argentina enfatizó que solo podía hacerlo una vez, porque el resto de sus días estaban repletos de trabajo, pero que la calidad de su aseo era muy buena y que la manera en la que tendía la cama, con las sábanas bien templadas, daba la sensación de estar durmiendo en un hotel cinco estrellas. Todo ese flujo de información había incomodado profundamente a Silvia, quien no entendía muy bien por qué la argentina hablaba de una persona como si fuera un servicio adicional. Mientras describía la angustia que le daba imaginar el tamaño de la cama que podía contener ese armario, Teresa comenzó a reprocharle que siquiera estuviera considerando la decisión de irse a vivir con esa mujer atroz. Silvia solo alcanzó a decir que era la única inquilina que había mostrado interés en vivir con ella. Balbuceó algo sobre cómo las visitas después de algún tiempo comenzaban a oler feo, y Javier la interrumpió diciéndole que dejara de decir tonterías. Ellos se sentían a gusto con su compañía, y la manera en la que se preocupaba por mantener las cosas limpias les daba una sensación de hogar que hacía mucho tiempo no sentían.

La conversación tomó un rumbo más cotidiano, pero cuando Javier admitió que estaba teniendo problemas para concretar el tercer capítulo de su tesis a Silvia se le ocurrió una idea que manifestó sin pensarlo mucho.

—Puedo ayudarte con las cosas de la casa mientras terminas de escribir.

Teresa inclinó su cuerpo ante Silvia, como si con ese gesto pudiera expresar que estaba muy interesada en saber qué era eso que estaba ofreciendo.

—Soy buena con los platos y en la cocina —continuó Silvia—. Si pasas más tiempo en la biblioteca, tal vez fluya mejor la escritura.

Javier quiso interrumpir a Silvia para explicarle que a veces las tareas del hogar le permitían pensar en otra cosa diferente a los modelos económicos que no sabía cómo justificar, pero no pudo decir mucho, pues Teresa tomó la palabra.

—Supongo que lo justo es que te puedas quedar con nosotros. Tendrías, eso sí, que también ayudarnos con el aseo de nuestro cuarto y lavar la ropa. Y aportar con la comida.

—Donde comen dos, comen tres —respondió Silvia, intentando romper la seriedad con la que Teresa estaba hablando.

—Me parece tan lindo que tengas este gesto con nosotros —afirmó Teresa con una voz dulce.

—¿Estás segura de querer hacer esto? —preguntó Javier, intentando zanjar la distancia entre la oferta de Silvia y las condiciones de Teresa.

—Claro que está segura —respondió Teresa, cortante—. Es lo que los amigos hacen por los amigos.

Un sentimiento cálido, similar a la gratitud, revistió el pecho de Silvia. Sonrojada, le admitió a la pareja que ayudarles en la casa era una manera de retribuirles lo que habían hecho por ella. Teresa sintió que debía darle un abrazo a Silvia y la tomó de la cintura. Apenas los dos cuerpos se rozaron, Silvia percibió que su torso se tensaba, como si estuviera rechazando ese contacto. Esto la avergonzó, y buscó una manera de acomodarse mejor entre los delgados brazos de Teresa, aunque ese nuevo ajuste hizo evidente que entre las dos nunca habían tenido un lenguaje corporal cálido.

—Nos encanta que estés acá en la casa. Se siente más alegre contigo —afirmó Teresa.

—Quéééééédate —canturreó Javier, simulando la entonación de una canción insoportable.

—Estaré con ustedes hasta que Javier termine su tesis —dijo Silvia, y sintió que sus palabras en voz alta tenían el poder de conjurarle algo de estabilidad durante un rato.

PLANTA

12.

Una de las cosas que más impacientaba a Silvia era la manera en la que Ramón supervisaba su forma de limpiar la cocina. Ella sabía que él no tenía la voluntad de ayudar con el orden, pero sospechaba que debía encontrar algún goce perverso cuando se paraba junto a ella y comentaba que sus hábitos de limpieza eran poco efectivos y que jamás aprendería a trapear bien, tal y como lo hacía su madre.

Este pensamiento la asaltó mientras intentaba recordar cuál era el mejor método para trapear sin que el suelo quedara pegajoso. Había visto en un canal de YouTube, creía recordar, que el mejor truco era agregarle unas gotas de vinagre al agua caliente y moverse de arriba a abajo, jamás de lado a lado. O tal vez era lo contrario y el consejo era que tenía que agregarle bicarbonato al jabón, bien diluido en tres partes de agua. O que lo importante era reparar siempre en que la temperatura del agua no fuera a dañar la madera. A Silvia se le escapaba la buena técnica, por más que intentaba recordarla.

Esa misma confusión apareció cuando llegó a la lavandería, después de arrastrar kilos de ropa a lo largo de siete cuadras. No estaba segura de si eran las prendas de algodón o las de poliéster las que tenía que lavar a máquina, mucho menos de cuáles eran las que no debía meter en la secadora. Sintió terror al pensar que su torpeza la llevaría a arruinar uno de los suéteres finísimos que Teresa había heredado de Helen y tuvo que googlear cuál era el ciclo adecuado para lavar la ropa blanca y cuál era la temperatura correcta para la ropa de color.

Se sintió inútil por no saber cuáles eran los productos que necesitaba para hacer un aseo profundo del baño y pensó en llamar a Clarita, la empleada doméstica que siempre había trabajado en la casa de su madre, para que le diera un par de clases sobre cómo desinfectar una ducha. Luego recordó que su madre le había confesado que su tía Ligia llevaba décadas trabajando como empleada doméstica en Arizona y quiso buscarla con desespero, pero también recordó que su madre le había dicho que esa era información confidencial y que Ligia jamás la perdonaría si alguien más en la familia se enteraba de cómo había logrado comprarse la casa inmensa en la que vivía junto con sus dos perros pomeranian.

Mientras tendía la cama de la pareja y barría las pelusas que se pegaban a la base de la cama, Silvia pensó en Teresa y en sus jornadas laborales. Quería saber si su amiga también se sentía agobiada por no haber aprendido antes a trabajar con las manos y se la imaginó recostada sobre una mecedora, haciendo dormir al pequeño Bobby. Frente a ella apareció la silueta de Teresa y se conmovió ante esa cualidad maternal tan propia de su amiga, que siempre la hacía sentir protegida.

Sin embargo, esa visión fue rápidamente deformada. Ante sus ojos, ahora veía cómo Teresa sofocaba a Bobby con fuerza y se deleitaba escuchando los estertores débiles del pecho del niño. Silvia sacudió la cabeza, buscando borrar esa imagen aterradora, pero por más que lo intentó no pudo sacarse de la mente un fulgor perverso que a veces se asentaba sobre la mirada de Teresa. Durante el tiempo que llevaba en el apartamento, había notado que dentro de su amiga reposaba la voluntad para acabar con todo si las cosas no salían tal y como las imaginaba. Era como si dentro de la rubia dormitara una emperatriz que no temía someter al mundo para que se acomodara a su antojo. Silvia respiró profundo y procuró que las sábanas de la cama quedaran bien templadas y que las almohadas no se vieran torcidas. Le gustaba ver a sus amigos sonreír cuando llegaban al apartamento y encontraban el cuarto impecable. Esos pequeños gestos de calidez la hacían sentir en casa.

Eran pocas las tareas diarias que Silvia había comenzado a disfrutar. Sobre todo barrer y limpiar la estufa. Le gustaba la manera en la que podía domar el mugre y aglutinarlo con sus movimientos, y también cómo la superficie metálica de la estufa resplandecía, después de pasarle un trapo con las cantidades justas de jabón y vinagre.

Disfrutaba saber que podía sacarle brillo a lo opaco. Retomar el control ante el caos.

Tal vez por esto, también le gustaba limpiar el polvo y ver cómo las partículas se acumulaban bajo el plumero especial que Teresa había rescatado de la casa de Helen. Cada vez que sacudía superficies con ese aparato ligero se sentía como si hiciera parte de *Los Supersónicos* y fantaseaba con autos voladores y máquinas imposibles que pudieran predecir terremotos. A medida que pasaban los días, Silvia sentía que tenía algún arraigo en esa rutina tan establecida. Como si ocuparse del apartamento pudiera blindarla del sobresalto.

La mañana del día cuarenta y uno, Silvia aprovechó que sus amigos habían salido temprano y quiso sorprenderlos haciendo una limpieza profunda de la cocina. Dedicó gran parte del tiempo a organizar las gavetas. Limpió la grasa de los fondos de fórmica con una solución de agua tibia y bicarbonato, y luego se dedicó a refregar con un cepillo de dientes la campana y la parrilla de la estufa. Cuando el metal dejó de verse ennegrecido, Silvia sintió una inmensa satisfacción.

Decidió sacar la basura. Necesitaba mantener intacto el olor a cloro, vinagre y jabón que la hacía sentir purificada.

Arrastró las tres bolsas de basura por el pasillo del edificio y decidió tomar el ascensor, pues no se creía capaz de aguantar tanto peso mientras bajaba las escaleras. Al abrirse la puerta, se encontró con uno de los vecinos más jóvenes que vivían en el edificio. Lo saludó con algo de coquetería, pero el hombre ignoró sus gestos y se quedó en silencio mientras bajaban esos siete pisos. Para el momento en el que llegaron a la planta baja, Silvia tenía claro que ese joven no la ayudaría a mantener la puerta abierta mientras ella arrastraba las bolsas hasta la parte de atrás del edificio, donde debía dejarlas. Maldijo sus malos modales e hizo una serie de malabares para mantener la puerta entreabierta.

Cuando llegó a donde debía dejar la basura, Silvia se encontró de frente con un mapache que sobresalía por entre una de las canecas. Ella, que poco o nada les temía a las ratas y a las palomas, sintió pavor cuando vio la silueta regordeta de ese animal que tenía entre sus garras un paquete de papas del que chorreaba un líquido viscoso. El mapache se quedó mirándola, como haciéndole entender que era una intrusa. Silvia supo leer la agresividad del animal y temió que fuera a darle un manotazo o que le saltara a la cara. Quiso salir corriendo pero se quedó congelada ante la criatura. Después de unos segundos, el mapache se escabulló dentro de la montaña de basura que se apilaba en la parte trasera del viejo edificio. Silvia tiró las bolsas y salió despavorida como si hubiera visto un espanto.

Subió los siete pisos corriendo y llegó al apartamento agitada. Quería huir de la visión del mapache y de sus órganos consumidos por la radioactividad.

Ese animal pertenecía al bosque y estaría mejor rodeado de naturaleza, reflexionaba. La ciudad no era su hábitat y esa transgresión parecía esconder algo terriblemente ominoso. Ese animal no pertenecía, se repetía. ¿Acaso lo hacía ella? Pensaba en las garras chatas y oscuras. En las garrapatas que le poblaban el pelo. En su sangre amarga, consumida por la grasa y la mala vida.

Pero Silvia no era ese mapache.

Ella había encontrado un hábitat. El sosiego reposaba dentro del apartamento, en sus rutinas de limpieza, intentaba convencerse. Solo tenía que buscar mejores estrategias para hacer el aseo. Educar las manos para que hicieran bien las tareas. Agradecer a sus amigos por haberle brindado un techo. Recibirlos en las noches con gozo. Templar bien las sábanas. Y recordar las cantidades correctas de agua, vinagre y jabón en las que debía sumergir el cuerpo para que siempre oliera a limpio.

13.

Teresa quería enseñarle a Silvia el método que se había inventado para hacer la compra de víveres. Constaba de una lista dividida en columnas que emulaban el orden de los pasillos del supermercado; para ella, era una manera efectiva de recorrer los escaparates sin gastar mucho tiempo. Lo había perfeccionado en el supermercado orgánico inmenso que quedaba cerca de la casa de Helen y quería compartir esa parte de la rutina con su amiga. Sin embargo, la mañana del día cuarenta y siete, Silvia parecía estar perdida entre sus pensamientos y Teresa comenzó a impacientarse.

—Cuando lleguemos a casa podemos hablar de Ramón, si quieres, pero ahora te necesito enfocada y presente —reclamó Teresa, mientras empujaba a Silvia lejos del pasillo de los cereales—. Vamos a hacer la compra para los tres y a Javier y a mí no nos gusta atragantarnos de azúcar.

Silvia retiró las manos, con algo de vergüenza, de una caja de hojuelas de chocolate.

—Helen me ha enseñado que no hay nada mejor que comenzar el día con un pedazo gigante de aguacate. Te puedo enseñar a escogerlos en su estado perfecto.

Silvia tuvo que mantener una concentración especial mientras Teresa explicaba, con minucia, cómo se debía sostener un aguacate para que no se magullara. Se obligó a escuchar los balbuceos de Teresa sobre el grosor de la cáscara y sobre cómo detectar magulladuras, pero los ojos se le iban hacia el pasillo de los paquetes de papas y bolitas de queso sintético, que parecían llamarla con un canto de sirena. Decidió que la mejor manera de pretender que estaba prestando atención era asentir en silencio y, con resignación, caminó detrás de Teresa, quien la llevó hacia el pasillo de los productos de limpieza, donde comenzó a dar un sermón sobre la importancia de saber reconocer el cloro orgánico.

—¿Entendido? Desde que Helen me mostró las ventajas de los productos ecológicos, muero por usarlos en casa. Creo que tenerte con nosotros será una gran oportunidad de aprendizaje.

La retahíla de Teresa sobre la importancia del consumo con conciencia ambiental fue reemplazada con un grito de sorpresa en medio del pasillo de las ofertas. Silvia se tardó en entender por qué Teresa se maravillaba de esa manera ante una caja que mostraba una estructura de plástico y alambre. Frente al desconcierto, la rubia comenzó a explicar que se trataba de un zapatero igual al que tenía Helen en casa.

—Siempre he soñado con tener uno de estos y hoy está a muy buen precio —continuó, mientras examinaba la caja y tanteaba si era lo suficientemente ligera como para llevarla entre los brazos en la caminata de vuelta al apartamento.

—¿Estás segura de que hay espacio para ponerlo? No sé si con todas las cajas…

Pero antes de que Silvia pudiera terminar la frase, Teresa la interrumpió explicándole que, con tanto trabajo, no había tenido tiempo de destapar esos regalos.

Después de estar cuarenta y siete días dentro del apartamento, a Silvia le había comenzado a parecer curiosa la manera en la que sus amigos postergaban la apertura de esas cajas. Tal vez para Teresa sacar todos esos regalos y ubicarlos dentro de un lugar fijo se había convertido en un deber que amplificaba el mandato de quedarse estática, lejos de los viajes y la aventura. No obstante, a Silvia le resultó imposible imaginar a Teresa en medio de un safari o durmiendo en un hostal, y pensó que estaba proyectando sus propios miedos. Ya había renegado de su destino de planta de interior en la casa de Ramón y eso no le había significado ninguna aventura diferente a estar acompañando a Teresa en la búsqueda de objetos absurdos que se asentarían sobre esas cajas de las que nadie quería hacerse cargo.

—Además, si tenemos el zapatero, podríamos conseguir muchas pantuflas y sandalias para que sean los zapatos de entrecasa —la voz de Teresa irrumpió ese castillo tambaleante, repleto de cosas, que Silvia estaba imaginando—. Javier y yo siempre hemos querido tener varios pares de zapatos que no hayan tocado la calle para dárselos a los huéspedes y así evitar que ensucien el piso con los gérmenes de afuera. El zapatero ahorra mucho trabajo de limpieza. Definitivamente es una ganga.

Silvia se sintió confundida. Ya había pasado casi un mes y medio dentro del apartamento y, durante ese tiempo, había notado que ni Teresa ni Javier hablaban con otras personas, mucho menos invitaban a nadie de visita. No podía entender quiénes iban a calzar los zapatos imitación Crocs que ahora Teresa examinaba de manera meticulosa y que se encontraban en una góndola justo al final del pasillo de descuentos. Quiso preguntarle si conocía la talla o la preferencia de colores de esos invitados fantasma, pero vio a la rubia tan concentrada, intentando encontrar la pareja refundida de una de esas imitaciones, que se limitó a ayudarle a bucear hasta el fondo de esa góndola para poder sacar el otro zapato neón que faltaba.

—Podríamos llevar seis pares y aprovechar mejor el descuento. ¿No te parece un sueño poder darles a nuestros amigos zapatos que no tengan mugre?

Silvia encogió los hombros y se mantuvo en silencio.

Las dos amigas caminaron hasta el pasillo de higiene personal, donde toda la abulia que Silvia había sentido en ese mercado fue desplazada. Se quedó boquiabierta ante las filas y filas de productos que prometían todo tipo de efectos en el cuidado de la piel y el cabello, acompañados de diversos aromas. Açaí para la piel más firme. Coco para la suavidad de los rizos. Bayas salvajes para la caspa. Miel de manuka para combatir el acné. Como si el orden en el que esos tarros estaban dispuestos también la pudiera blindar del mugre de la ciudad y de su propia vida, se quedó observando esa pared. Tal vez podría atrapar algo de esa distribución prolija con sus ojos. Esa estantería inmensa la hizo sentir un poco más cerca de lo correcto.

—Ahora puedes escoger un champú y un jabón.

Silvia miró con extrañeza a Teresa. No entendía muy bien a qué se refería con esa orden. Recordó que en la casa había un tarro de champú de manzanilla recién abierto y le hizo notar que no era necesario comprar nada nuevo.

—Es raro que olamos a lo mismo —dijo Teresa con una sonrisa complaciente.

Esto desconcertó aún más a Silvia, quien sintió cómo una rabia antigua la colmaba. No entendía el afán que sentía su amiga por diferenciarse de ella. Quiso gritar, dar un alarido, pero sintió vergüenza de que su furia pudiera hacer temblar todos esos tarros de productos milagrosos que ahora también eran testigos de la mezquindad.

—Yo lo pago —insistió Teresa—. No te preocupes por el precio.

Una punzada en el ombligo estremeció a Silvia. No quería leer malas intenciones en el gesto de Teresa y pensó que, antes de reaccionar o confrontarla, debía encontrar la calma. Cerró los ojos y ante ella apareció la imagen de una carretera anchísima, cuyo pavimento ondeaba al ser golpeado por el sol. Imaginó que caminaba descalza por esa carretera y creyó sentir cómo las piedritas se le clavaban en los pies. Exhaló largamente y abrió los ojos. La rabia no se había ido del todo, pero pensó que podría sacar provecho de la situación y hacerle pagar a Teresa un producto de belleza caro.

—Sigue adelante —replicó Silvia intentando emular la sonrisa amplia de Teresa—. Quiero tomarme el tiempo para escoger a qué quiero oler ahora.

14.

A Silvia le tomó un par de segundos entender el estruendo. Despertó alterada.

Detrás de ella, en la cocina, Javier estaba preparando un batido de frutos verdes y había encendido la licuadora a toda potencia.

Movió los dedos un par de veces, como para terminar de despertar el cuerpo, pero, antes de que pudiera incorporarse y entender la alharaca, Teresa apareció frente a ella con una mirada de disgusto.

—Estas no son horas de estar durmiendo.

Por un momento, Silvia pensó que el sueño se había convertido en una pesadilla en la que ahora Teresa era una tirana. Sin embargo, al sentir las manos de la rubia sobre sus hombros, pidiéndole que por favor recogiera el sofá cama y se pusiera a aspirar la sala del apartamento, entendió que esa era la realidad trastocada en la que estaba despertando.

—Hubieras avisado que hoy querías tomarte el día libre —comentó Teresa entre risas, y Silvia no pudo disimular el desagrado por la manera en la que su amiga le estaba hablando.

—Bueno, señora. —Fue lo único que atinó a responder mientras se levantaba del incómodo sofá cama para recoger de un solo tirón las sábanas y dejarles el espacio libre.

La cabeza de Javier apareció detrás del marco de la puerta de la cocina para comentar que hacía mucho no escuchaba la palabra «señora» pronunciada en voz alta. Le recordaba a la empleada doméstica que los había criado a él y a sus hermanos en Lima, y cómo a su madre, en un principio, le molestaba que ella le dijera de esa manera. Javier suponía que su madre se sentía vieja cada vez que le decían señora y que por eso le había pedido amablemente a la mujer que trabajó con ellos durante casi siete años que se refiriera a ella por su nombre de pila. Pero la debacle llegó cuando Vicente, su hermano menor, comenzó también a llamarla de esa manera y a decirle «mami» a la nana. Fue entonces cuando su madre le exigió a la mujer que la llamara «doña» y que usara un uniforme que le descontó de su sueldo. Le restringió el tiempo que pasaba con el niño y, al cabo de unos tortuosos meses, la echó de la casa bajo cualquier excusa. El pequeño dejó de comer por semanas y protestaba cuando le pedían que hiciera la tarea, como si estuviera en huelga solidaria por el despido injusto de su falsa madre.

—La verdad, en mi casa siempre las tratamos como si fueran parte de la familia —replicó Teresa desde la sala. Y prosiguió a contar que en su apartamento en Maracaibo siempre hubo un desfile de empleadas domésticas colombianas que le enseñaron a bailar y que le pintaban las uñas.

Silvia la interrumpió para recordarle que, cuando se conocieron, eso fue de lo primero que hablaron. Teresa le había dicho que había algo en ella que le recordaba a esa parvada de mujeres que pasaron por su casa durante su infancia y adolescencia.

—Después de vivir tantos años acá, tener una empleada doméstica me parece una costumbre de bárbaros —remató Teresa con autocomplacencia.

Silvia no supo qué la irritaba más, si la indiferencia con la que Teresa había decidido ignorar sus comentarios o el marcado acento neutro con el que hablaba y que parecía reflejar la idea obtusa de un *acá* en el que ella ya no era extranjera.

Javier secundó la afirmación de su esposa y dijo que a él le incomodaba mucho tener a una forastera que husmeara en su casa. Teresa lo interrumpió y le recordó que la última empleada doméstica que él había tenido antes de mudarse al extranjero iba más a coquetearle que a hacer el aseo. Javier sonrió como quien se sabe guapo e intentó retar a la rubia pidiéndole que dejara los celos. Silvia quiso indagar un poco más en las experiencias sexuales que Javier pudo haber tenido o no con las mujeres que trabajaban en su casa, pero no recibió respuesta. Quería saber quién iniciaba la seducción, si las había contratado porque desde el principio se sentía atraído hacia ellas, y si Teresa había llegado a conclusiones tan categóricamente morales sobre esta historia como parecía tenerlas sobre todo lo que sucedía en el mundo. Recordó también que una de las cosas que más calentaban a Ramón era encontrarla haciendo oficio —tal vez porque era el único escenario en donde podía criticarla sin temor a terminar explotando en una pelea— y todas las veces que le pidió que lo dejara ver cómo limpiaba la casa en ropa interior, cosa que a ella le parecía una fantasía tan exótica como poco práctica, teniendo en cuenta que él ayudaba poco o nada con las labores domésticas.

Silvia se dio cuenta de que entre charla y charla ya había pasado una hora y Teresa aún no le había indicado dónde estaba la aspiradora. Entonces tomó la iniciativa y se levantó del sofá cama. Más allá del trato que había hecho con sus anfitriones, le parecía asquerosa la imagen de una cucaracha poniendo huevos dentro de su oreja mientras dormía. Javier aprovechó que Silvia se había levantado del sofá y se tendió sobre las piernas de su esposa. Silvia, que no alcanzaba a la parte más alta del clóset donde estaba la aspiradora, dio unos pocos pasos hacia la cocina para buscar un taburete. Mientras hacía ese recorrido, escuchó que Javier le hablaba a media lengua a Teresa y, sin mucho pudor, soltó una carcajada que hizo que la rubia se parara de sopetón y dejara a su marido tirado sobre el sofá con una mirada similar a la de ese cachorro de la camada que nadie escoge para llevarse. Cuando volvió con la aspiradora, se cruzó con Teresa, que iba de camino a su cuarto. Silvia le quiso hacer un gesto de complicidad para burlarse de la voz aniñada de su esposo, pero se quedó esperando encontrar de vuelta la mirada de su amiga. Antes de comenzar a aspirar la sala, Silvia escuchó que Teresa decía algo a lo lejos. Pensó que la estaba llamando para hablar en secreto sobre lo que había sucedido, pero no era eso. Teresa le gritaba desde el otro cuarto que tuviera cuidado al pasar la aspiradora por las esquinas. No fuera a ser que rayara la pintura de las paredes.

15.

Javier y Teresa salieron muy temprano.

La pareja pasaría el fin de semana en un hotel a las afueras de la ciudad, cerca del maizal, y aprovecharían el viaje en carretera para hacer mercado en una gran bodega en donde vendían cosas al por mayor. Teresa le había pedido a Silvia que, mientras estuvieran afuera, hiciera una limpieza profunda de los clósets, especialmente del que estaba en el cuarto, pues traerían galones de detergentes y de papel higiénico y necesitaban espacio para guardarlos. También haría una compra enorme de tampones y de toallas higiénicas para la noche, que con gusto compartiría con Silvia, si ella aportaba la mitad del costo.

Silvia quiso aprovechar la mañana y pensó que sería buena idea destapar y organizar los regalos de boda que aún yacían empacados en la sala. Tomó una caja pequeña y tuvo el impulso de sacudirla para adivinar lo que estaba dentro, pero la sola impresión de estar sosteniendo algo muy delicado, ¿acaso el corazón de Teresa?, le hizo pensar que debía tener más cuidado y decidió devolverla a su lugar. Lo mejor sería esperar a que la pareja volviera y consultar con ellos sobre cada cosa que reposaba allá dentro.

Decidió entrar a la habitación principal. Quería espiar los cajones de la mesa de noche de la pareja, así que empezó por la que correspondía a Javier. No había mucho, solo un par de cargadores de celular que parecían estar dañados, un manual de instrucciones para armar un mueble, un pasaporte peruano y otro pasaporte italiano. La asombró lo pulcro de ese espacio, como si la mesa de noche no perteneciera a nadie, y cerró el cajón con aburrimiento. Hizo lo mismo con el lado de su amiga, con la ilusión de encontrar algo mucho más interesante, pero el cajón estaba lleno de pequeños frascos con cremas y aceites, y un sobre en el que había algunas joyas costosas.

En unos pocos segundos, la fantasía de ponerse a hurgar para encontrar algún secreto de la pareja —la clave de una cuenta de *webcammer* que le sirviera a Teresa para ganar un dinero extra o el certificado de nacimiento falso que demostrara que Javier en verdad era un mentiroso patológico— fue reemplazada por la certeza de que nada que entrara al apartamento se revestiría de misterio o de emoción. Hasta Silvia misma, a pesar de ya haber perdido la cuenta de las semanas había pasado allí dentro, últimamente notaba cómo su piel se volvía cada vez más gris, a medida que esa vida llena de trama, aventuras y reconocimiento se ausentaba de sus días.

Quiso sacudirse esa sensación de estar al margen de la vida y fue a una tienda cercana a comprar un par de botellas de vino. Bajo la caja registradora vio un pequeñísimo vivero improvisado, conformado por unas cuantas suculentas, unos cactus y una planta verde que parecía un árbol miniatura. Le preguntó a la cajera si estaban en venta y la mujer respondió que todas estaban a un dólar, inclusive el pequeño árbol: una planta endémica de China que era conocida por traer la abundancia de salud y dinero a los hogares que la adoptaban. Silvia pensó que debía dejar de ser tan dura con sus amigos y agradeció nuevamente tener un techo. Tal vez, lo único que necesitaba el apartamento era la oportunidad de reverdecer, así que compró el arbolito.

Subió rápido por las escaleras, con cuidado de no maltratar la planta, pues la emoción de acomodar a su nueva amiga dentro de la casa le ganó a la espera del ascensor. Antes de destapar una de las botellas de vino, buscó un lugar iluminado en dónde poner la planta. La dejó encima de una de las sillas que estaban apiñadas contra la cornisa y pensó que ese sería un gran lugar. Desde el sofá cama podría observar diariamente las maneras en las que ese árbol crecería y les traería abundancia. Pensó que, si supiera dibujar, dedicaría toda una libreta a registrar las hojas que le nacerían a su nuevo árbol. Algo en esa necesidad de transformarse en jardinera la hizo sentir correcta y responsable. Ahora podría ser todo eso que creía que Ramón había deseado: una buena mujer, capaz de hacer brotar vida a pesar de la hostilidad de las circunstancias.

Vio las bolsas que había olvidado a la entrada y le entró un ataque de risa. Por más que lo intentaba, sabía que esa máscara de señora de la casa le quedaba grande. Le pareció que comenzar a tomar antes de que fuera el mediodía rompería la abulia y se apresuró a destapar la botella y a poner un concierto de Rihanna en YouTube. Cuando se hubo tomado algo más de la mitad de la botella se sintió medio borracha y quiso ir al baño a orinar, pero el viaje desde la sala hasta el otro lado del apartamento se le hizo eterno. Dio otro sorbo a la botella y continuó bailando, con algo de temor por que los vecinos, cuyas ventanas estaban aterradoramente cerca, espiaran su espectáculo. Echó un vistazo y se dio cuenta de que estaba sola; afuera la fachada del edificio contiguo se veía apagada y dentro no tenía más compañía que la planta. Esa sensación de libertad la hizo soltar, en medio de la sala, un chorro de orines que le empapó las medias. Dio tumbos por el corredor, dejando un rastro de huellas encharcadas, y le costó algo de trabajo girar el pomo para abrir la puerta del baño. Se atacó a reír. Se sentía ridícula, emparamada y sin recordar bien la maña para abrir la puerta.

Volvió a la sala y se quitó los pantalones y las medias. Por un momento fantaseó con qué pasaría si Teresa saliera de la habitación y la viera en ese estado. No sabría si la reprendería por no haber secado las huellas en la sala, o por verla semidesnuda y borracha. Pensó que, antes de preguntar por qué estaba mojada, probablemente le ordenaría que limpiara el piso, pues la madera falsa comenzaría a inflarse. Pero no había nadie allí que pudiera darle órdenes y disfrutó el silencio de la soledad del apartamento. Se tomó un momento para recordar cómo se llamaba esa sensación cálida que la invadía, y se dio cuenta de que desde que se mudó del maizal nunca había estado a solas, sin la necesidad de tener que provocar a Ramón, actuar de buen humor para Javier o complacer a Teresa en sus caprichos.

Silvia nunca había tenido una pulsión nudista. No era que odiara su cuerpo ni que sintiera pudor ante la desnudez, sino que le fastidiaba mucho cómo la calefacción se sentía sobre su cuerpo y cada vez que intentaba dormir desnuda le entraba un ataque de estornudos que le hacía imposible conciliar el sueño. Sin embargo, al verse meada y sin pantalones, encarnando todo lo que sus amigos considerarían salvaje, pensó que la única manera de completar esa escena para ella misma era quitándose la ropa y metiéndose en la tina.

Abrió el agua caliente y dejó que la tina se llenara. Mientras tanto, fue a la cocina a buscar algo de comer que la satisficiera, pero la nevera estaba vacía y sintió que ese arranque de hedonismo que la había poseído no podía resolverse con las dos manzanas pastosas que quedaban al fondo. Hizo una lista mental de todas las cosas que podría hacer desnuda en esa casa desocupada y pensó que tal vez lo único que realmente quería hacer era masturbarse hasta que se le cansara el cuerpo.

Pensó en un artículo de una revista de moda en el que una actriz de Hollywood contaba que uno de los secretos para mantenerse joven era masturbarse a la luz de las velas y, aunque apenas lo leyó le pareció extremadamente soso, se le ocurrió que tal vez esa tarde podría darles buen uso a un par de velas que tenía Teresa sobre su mesa de noche. Entró a la habitación principal y tuvo la tentación de desperdigarse sobre la cama, pero pensó que, si llegaba a impregnar el olor de su cuerpo desnudo y meado en las sábanas de sus amigos, tendría que lavarlas y secarlas antes de que volvieran. Prefirió seguir derecho.

Llevó el par de velas en forma de loto al baño y las prendió. Tocó la temperatura de la tina y se aseguró de que estuviera a gusto y apagó las luces. Mientras se sumergía en el agua, fantaseó con que ella era esa actriz y que le hablaba a un público imaginario sobre otros secretos de belleza, como orinarse encima y no tener dónde vivir. Luego cerró los ojos y se dejó llevar por la sensación del agua tibia entre los muslos. Se despernancó y se llevó las manos entre las piernas, esperando a que llegara el cosquilleo de la cercanía de los dedos bordeando sus labios, pero no sintió nada. Se frotó los pezones con violencia, como le gustaba que lo hiciera Ramón, e imaginó los ojos de Javier mirándola fijo, pero no sintió nada. Se metió el dedo índice y el dedo del medio dentro de la vagina e intentó rozar con el pulgar su clítoris, pero no sintió absolutamente nada. Abrió el grifo de la tina y se pegó a él, con la esperanza de que el chorro tibio sobre sus labios abiertos la hiciera sentir algo, pero solo se sintió ridícula. Retorcida, contra la pared del baño, apagó las velas y se dio por vencida.

Tomó una toalla y se vistió derrotada. Vio el charco de orines que se mantenía en la sala y buscó un trapero para secar cualquier evidencia de ese fallido acto de rebeldía. Mientras golpeaba el piso con las fibras del algodón, buscando absorber la mayor cantidad de orines, pensó de nuevo que ni el misterio, ni la emoción, ni el deseo florecían en el apartamento. Por un instante, se sintió culpable de haber traído el árbol chino a la casa, pues conocía de antemano cómo irían las cosas. Desde que ella había entrado en ese ecosistema prestado se sentía apagada, indeseante y marchita. Dejó el trapero en la cocina y, antes de meterse al sofá cama, acarició las hojas más grandes de la planta; las que se extendían abiertas al cielo como si fueran unas tenazas. En su mente, le prometió a su nueva amiga que no la dejaría marchitarse. Tampoco ella seguiría marchita. Encontraría la manera para que ambas florecieran en abundancia.

16.

Cuando Javier le preguntó si tenía la tarde libre, Silvia respondió nerviosa. Intentó sonreír, a pesar de que sentía que la cara se le entiesaba. Quería disimular la extrañeza que le generaba esa pregunta. ¿Acaso era un reclamo por demorarse más de lo debido usando el baño? Ante su mueca, Javier instintivamente la tomó del brazo y le dijo que no se preocupara. Fingió una voz ronca y, con un acento afectado, le dijo que le tenía una invitación que sería incapaz de rechazar. Silvia le retiró el brazo, cuidando mucho de no hacer un movimiento brusco que lo hiciera pensar que era una grosera. ¿Qué podía querer Javier a solas con ella? ¿Tendría que pedirle permiso a Teresa para salir con su marido?

Antes de que Silvia pudiera decir algo, Javier le explicó que irían a una tienda de rebajas cerca del maizal en donde se encontraba absolutamente todo, desde duendes para decorar el jardín hasta botas para esquiar, por menos de cincuenta dólares. Quería comprar un colchón inflable y otro par de cajas plásticas, pues en un par de semanas su hermano vendría de visita y necesitaban optimizar el espacio del apartamento para que todos pudieran estar cómodos. Silvia se sintió perpleja. Estaba segura de que, en todas esas cajas de regalos de boda que sus amigos jamás habían destapado, debía haber al menos una manta y un cojín que sirvieran para el nuevo huésped. Prefirió no decir nada. Cualquier comentario podría ser usado en su contra. No quería pasarse la mañana ayudando a destapar y organizar esas chucherías que parecían estar hibernando, mientras la pareja se decidía a comenzar una vida más adulta.

A medida que Javier planeaba en voz alta cuál podría ser la mejor ruta de bus para llegar hasta la tienda, Silvia pensó en decenas de datos curiosos sobre marsupiales y felinos, como posibles salvavidas de los silencios incómodos que podrían generarse durante el tiempo que estuviera a solas con el marido de Teresa. Miró en Google Maps cuánto tardarían en llegar a la tienda y tuvo la certeza de que no existía ningún acopio suficiente de datos curiosos sobre animales silvestres que la salvara de la incomodidad. Con buen tráfico, tardarían un par de horas en llegar. La sola imagen de su brazo rozando el de Javier, sobre el estrecho apoyabrazos que compartirían durante todo ese tiempo, la hizo sonrojarse levemente. ¿Qué pasaría cuando no tuvieran nada más que decirse? ¿Se atrevería a preguntarle por Ramón o a contarle alguna anécdota que dejara a Teresa mal parada? Tuvo miedo de que su imprudencia le causara algún problema con los señores de la casa y decidió que la manera más tranquila de solventar estos asuntos sería poniéndose unos audífonos.

Cruzó los dedos para que tuvieran que sentarse separados, pero, antes de que ella pudiera escoger un asiento lejos de él, Javier ya estaba acomodado en una de las sillas del fondo, haciéndole gestos con el brazo para que se sentara a su lado. Después de esquivar varios cuerpos y maletas, se acomodó al lado de Javier y pensó que, al menos, tenían una ventana amplia y así podría distraer la conversación contemplando el paisaje. Sin embargo, el marido de su amiga decidió cerrar las cortinas y tapar la ventana. La luz brillante de afuera le molestaba. Silvia se entretuvo con la idea de que en verdad Javier era un vampiro, pues no entendía cómo alguien prefería viajar viendo un paisaje de cuerpos cansados y tiesos, que no lograban acomodarse del todo en esas sillas, que la amplísima carretera que bordeaba el lago. Hizo una mueca de frustración y musitó que se sentía mareada. Eso la libró de tener que hablar con Javier a lo largo del camino. Mientras él dormitaba, ella estuvo las casi dos horas que duró el trayecto con el cuello estirado y la mirada hacia arriba, intentando atrapar alguna forma de las nubes que se asomaban por entre una pequeña claraboya que estaba sobre su silla.

Apenas llegaron al inmenso galpón que alojaba las rebajas, Silvia notó que Javier parecía un niño extraviado. Decidió tomar el liderazgo de la expedición y le indicó el lugar en donde debían tomar un carro de mercado para poder hacer las compras cómodamente. Recién llegada, Silvia se había abastecido de ropa, calentadores eléctricos y hasta una especie de cobija chaqueta que cubría de la cabeza a los pies y que le sirvió como escudo durante las primeras noches heladas que había pasado en ese país frío. Rápidamente supo cómo guiar a Javier por el primer piso, dedicado a rebajas de marcas de lujo y, gracias a su paso decidido, pronto llegaron a la sección del hogar.

Mientras caminaban esquivando a los otros compradores, Silvia recordó que en una de sus primeras expediciones a la tienda había logrado robarse un abrigo de invierno. Era una hazaña que contaba con orgullo, aunque siempre aclaraba que no había buscado cometer el crimen. El abrigo estaba en otra sección, abandonado, y ella lo recogió para llevarlo hacia el lugar correcto. Cuando se dio cuenta de que era de una diseñadora de renombre, decidió medírselo para fantasear un rato con qué se sentiría ser una mujer capaz de gastarse el equivalente a una semana de trabajo en una prenda de vestir. Apenas se la puso, se dio cuenta entonces de que no tenía ningún código de barras ni pin metálico, y no dudó ante la oportunidad de tener algo así de fino. Mientras notaba cómo las luces blancas del galpón hacían que la piel de Javier se viera aún más apagada, Silvia recordó lo que había sentido caminando por esos mismos pasillos, presumiendo el abrigo nuevo. Había estado ebria de triunfo, o mejor, ebria de impunidad, después de que terminó sus compras y salió por la puerta principal con el abrigo encima, sin que ninguna alerta de seguridad la delatara.

Silvia se acercó a una de las trabajadoras de la tienda y le preguntó si sabía dónde se encontraban las mantas y las almohadas. La mujer le respondió en español, recomendando que primero se pasearan por el pasillo donde estaban las mejores rebajas. Silvia sonrió y le agradeció, lo que hizo que la mujer le devolviera la sonrisa y que le deseara muchas felicidades en su matrimonio. Silvia la miró extrañada y, antes de que pudiera decir algo más, la mujer comenzó a darle consejos a Javier sobre cómo debía mantenerla satisfecha sexualmente, para que jamás se le apagara esa sonrisa.

—Se ven muy felices, mis niños —remató la mujer, antes de hacer una señal de cruz sobre ellos y bendecir su matrimonio.

Javier y Silvia decidieron seguir el juego y le hicieron una venia a la mujer como señal de aceptación de todos esos buenos deseos. Luego se dieron la vuelta y, entre risas, Javier comentó los extraños ritos para la potencia sexual que la mujer había compartido con ellos.

—Ni en sueños se me hubiera ocurrido que un huevo crudo podía hacer tantas cosas —dijo Silvia burlona, imitando la mímica con la que la mujer les había explicado la manera en la que se debía tomar correctamente para hacer durar las erecciones.

—¿Y qué me dices del huevo cocido entre las nalgas? Ya no vas a querer prepararme ese desayuno, esposita —replicó Javier en un tono que no alcanzaba del todo a ser pícaro.

Apenas Silvia escuchó salir de los labios de Javier ese apelativo, sintió algo parecido al subidón de adrenalina que ya había experimentado en esa misma tienda. Cada vez que Javier la buscaba para comparar precios o consultarle qué color saldría mejor con la escueta decoración del pequeño apartamento, Silvia sentía una complicidad cálida que parecía materializarse entre las sílabas de la palabra esposa. Imaginó que ese galpón era una especie de oasis mágico, como las cavernas de los magos o las fuentes de la eterna juventud que aparecían en los cuentos infantiles y se entretuvo con la idea de que esa vendedora tenía poderes de clarividencia. Pensó por un momento que, gracias a sus habilidades sobrenaturales, la señora había podido reconocer la intimidad sutil con la que Javier y ella se hablaban. Si hacía algún tiempo la tienda mágica le había permitido actuar como si fuera una mujer rica, ahora le permitía hacer como si tuviera una pareja con la que estaba armando una casa.

Y, por un instante, se sintió menos sola.

No era que Javier luciera más atractivo, ni que esa pátina de aburrimiento que ella percibía que él cargaba consigo se hubiera hecho más delgada. Pero, frente a los individuales de bambú que estaban en descuento, Silvia se sintió acompañada de esa mejor versión de sí misma que se cimentaba sobre la estabilidad doméstica. Como si por fin se hubiera cumplido la profecía que la había mantenido atada a Ramón y a su desencanto. Cada vez que Javier la llamaba *esposita*, Silvia sentía que nada podría cuestionar que ella era una mujer de familia, capaz de armarse una casa al lado de un buen hombre. En medio de los jarrones de vidrio, la huésped deseó que esa vida fingida fuera la suya. Fantaseó con recibir a Javier todas las noches con una cena caliente, cocinada a lo largo del día en una olla eléctrica multifuncional, como aquella que reposaba en el fondo de alguna de las cajas, y quiso que el apartamento fuera algo más que un hogar de paso. Sintió también algo de remordimiento por haber ignorado la coquetería de Javier en esa fiesta de hacía años, y luego sintió la vibración del teléfono dentro del bolsillo.

Vio la pantalla.

Era Teresa, que llamaba para encargarle un par de víveres que debía comprar cuando estuvieran de regreso.

17.

Vicente era altísimo, y eso fue lo primero que llamó la atención de Silvia. No entendía cómo ese hombre enorme podía provenir del mismo material genético que Javier, que solo era un par de centímetros más alto que ella. Vicente era la versión superlativa de Javier. Tenía los ojos mucho más oscuros, el rostro jaspeado por muchos más lunares, el pelo mucho más grueso y abundante y hablaba con una voz mucho más profunda e imponente.

Silvia se había esmerado en arreglar la sala, el cuarto que ahora compartirían. Aspiró muy bien, puso unas flores en la mesa de Ikea, regó su planta, recogió el sofá cama, ensayó diferentes lugares en donde el colchón no fuera a entorpecer el tránsito de las cuatro personas que habitarían el apartamento y, cuando supo cómo acomodar ese Tetris de camas, mesa, sillas, maletas y cajas para que todos se sintieran más que cómodos, infló el colchón y lo tendió con las sábanas bien templadas.

Apenas entró al apartamento, Vicente hizo un comentario sobre lo amplio que se veía el lugar ahora que estaba más organizado y Silvia se sintió orgullosa de haber recreado un ambiente hogareño que complaciera al huésped. Cuando Vicente fue al baño, Silvia tomó la maleta y el morral que había traído el visitante y los apiló al lado de las cajas, para no cortar el poco espacio de circulación que había despejado. Luego, cuando Vicente volvió a la sala, se quedaron hablando sobre la confusa señalización de las estaciones de bus y sobre lo mucho que se había tardado desde el aeropuerto. Silvia le explicó que justo ahora estaban en arreglos y que lo habían desviado. Vicente le preguntó si conocía maneras más rápidas para llegar al centro, pues quería visitar una tienda de cámaras especializadas que uno de sus amigos cineastas le había recomendado, y sabía que a su hermano le daría mucha lata acompañarlo. Entre los dos consultaron Google Maps y Silvia le explicó exactamente a qué señales en el camino debía atender para saber si estaba yendo hacia el norte o hacia el sur. Vicente le agradeció y, antes de salir del apartamento, le dijo que ella debía ser una gran compañía, pues no podía creer que Javier hubiera decidido voluntariamente compartir su casa con alguien que no fuera Teresa. Silvia soltó una carcajada que rompió con el silencio del pasillo del viejo edificio y le respondió que no estaba tan segura de que para Javier hubiera sido una decisión voluntaria.

Al mediodía, Teresa le mandó un mensaje preguntándole cómo le había ido con la llegada de Vicente y si él había accedido a usar los Crocs imitación que le habían dejado en la entrada. Silvia quiso responderle de manera juguetona, tal vez con un comentario sobre lo guapo que era el cuñado, pero tuvo miedo de que la rubia se lo tomara a mal. Se distrajo lavando los platos, hasta que la música que había puesto para acompañar la tarea se cortó con una llamada. Era Teresa irritada porque Silvia no le había respondido rápido. Sin embargo, apenas Silvia le contó ese intercambio corto que había tenido con Vicente, la rubia se calmó y le propuso que se encontraran al final de la tarde en un café cerca al centro. Tenía mucha ilusión de que ella los acompañara a comer en un restaurante chino, muy auténtico, que Javier recomendaba mucho. Antes de que Silvia hiciera el cálculo de cuánto podría gastarse esa noche, Teresa le dijo que no se preocupara por el dinero. Estaba muy emocionada porque saldrían a comer en familia. Le recordó cuál era el café en el que se verían y la hora a la que debía llegar y le mandó un beso ruidoso.

Silvia colgó y se alistó para encontrarse con su amiga. Se maquilló los ojos, se pintó la boca y, durante el largo recorrido hasta el centro, les dio vueltas a las palabras de Teresa. No le quedaba claro si se había ofrecido a prestarle dinero y pensó que prefería no tener más deudas con ella. Calculó cuántos de sus ahorros podría hurgar por los lados para cubrir los gastos del café, la cena y que le alcanzara para tomarse un trago. Se quedó pensando también a qué idea de familia se referiría Teresa, pues, en cualquiera de las permutaciones, Silvia era la única que no tenía vínculos de consanguinidad ni contratos legales que la ataran a ese grupo de personas. Pensó en todas las conversaciones que había tenido con

Teresa en el apartamento sobre Helen y su vida y sus novios. Sobre la posibilidad de generar vínculos que no respondieran a los tradicionales y sobre el afán de Javier de tener hijos, y se le ocurrió que, tal vez, a eso se refería cuando hablaba de familia. Luego pensó que no había nada de familiar en el trato que Teresa y ella sostenían ahora y sintió algo parecido a la tristeza.

Silvia repasó una y otra vez su lugar dentro de esa constelación de relaciones. A veces se sentía como la confidente de Teresa, otras veces como su criada. Y, aunque la mayoría del tiempo intentaba sacudirse la sensación de que era una intrusa en el apartamento, estaba segura de que jamás tendría el atrevimiento de llamar a Teresa hermana. Mientras apretaba el paso para no llegar tarde a su cita, escuchó a un músico callejero entonar el estribillo de una canción que decía que un extraño era solo un amigo sin conocer. La canción se quedó suspendida en el aire, ocultando cualquier otro ruido dentro y fuera de su cabeza. Silvia deseó, por un instante, dejar de ser ella y convertirse en la extraña que había inspirado esa canción alegre. Se detuvo en medio de la acera y cerró los ojos. Ante ella una llanura se extendió ancha e infinita. Se imaginó siendo otra, en medio de un bosque de niebla, en donde tímidos rayos de sol le rasguñaban la cara. Abrió los ojos y se dio cuenta de que estaba entorpeciendo el paso de los caminantes. Sintió vergüenza. Tenía que apurarse. Sabía lo mucho que su impuntualidad irritaba a Teresa.

18.

Apenas entró al café, Teresa le comentó lo bella que se veía y Silvia batió el cabello, emulando la pose de una supermodelo. La rubia rio e hizo una mueca pícara y luego le preguntó si acaso se había arreglado porque irían a cenar con Vicente. Silvia se sonrojó y bajó la mirada. Luego hizo algún comentario gracioso y se escabulló hacia la barra para recoger las bebidas que habían pedido. Cuando volvió a la mesa, encontró a Teresa con la mirada fija en el celular, como si hubiera visto entre sus correos un asunto de vida o muerte. Silvia no quiso distraerla y se quedó unos segundos trazando con los dedos, en el aire, los dibujos que aparecían sobre la espuma del café, hasta que la rubia volvió en sí y le dio las gracias por las bebidas. Silvia aprovechó para preguntarle si todo estaba bien, pues parecía un poco alterada.

Teresa le dijo que no era nada, solo que últimamente Helen andaba bastante irritada y ella se sentía yendo, más que al trabajo, a un campo minado. Justo ayer había olvidado llevar una caja de pañitos húmedos dentro de las cosas de Bobby y terminó comprando otros de una marca que, al parecer, a Helen le parecía terrible porque no se había adherido a un manifiesto en defensa de los derechos de los animales. Teresa quería escribirle de vuelta. Había sido una emergencia; por orden de la misma Helen, Bobby siempre tenía que estar con las manos limpias. Solo que esa compra la había ofendido profundamente y le había mandado al correo un mensaje con las marcas de productos que sí eran admitidas en casa. Al final del correo, le decía que no podía creer que la mujer encargada de cuidar a su hijo tuviera un criterio tan pobre a la hora de elegir qué consumir. Teresa le mostró la pantalla del celular a Silvia y le pidió que leyera para ver si estaba malinterpretando el tono de su jefa. Necesitaba entender qué tan grave había sido la falta. Esto no solo podía costarle el puesto, sino un posible trabajo a futuro como ejecutiva júnior en la empresa de Helen. La huésped comenzó a leer y a comentar ciertas frases, pero el análisis de cada posible hostilidad era amortiguado por Teresa, que intentaba quitarles importancia a las palabras de su jefa. Sin embargo, con cada justificación, Silvia notaba que algo se apagaba en los ojos de su amiga. Teresa no podía sacarse de la cabeza la idea de que este desliz le había costado el sueño de ser algo más que una niñera, y se sintió aún más tonta por permitir que la huésped la viera de esa manera. Ante la angustia de su amiga, Silvia se entretuvo con un pensamiento. ¿Acaso el trato horizontal que Teresa sostenía con su jefa, y del que tanto se ufanaba, existía más en el deseo que en la realidad? Se sintió mal por dudar de Teresa e intentó consolarla, asegurándole que si Helen no tuviera confianza en sus capacidades no la dejaría al cuidado de su hijo.

—No se trata de eso —respondió Teresa claramente fastidiada—. No lo entiendes porque ningún trabajo te dura más de dos días.

Las dos mujeres salieron del café y comenzaron a caminar rumbo al restaurante, en medio de un silencio que solo hacía más tangible la preocupación de Teresa. Silvia intentó alivianar el ambiente y, mientras cruzaban por uno de los inmensos parques que interrumpían las avenidas del centro, le preguntó si Vicente estaba soltero. Más allá de tener un interés genuino en el estado civil del cuñado, pensó que esa pregunta haría que Teresa se riera y se olvidara un rato de la discusión que acababan de tener. La pregunta cambió la mirada de la rubia, que le respondió a Silvia que ese era un chismononón largo y jugoso. Justo lo que necesitaban para acompañar la caminata. Teresa procedió a narrarle con lujo de detalles una historia sentimental tan superlativa como Vicente, que involucraba un matrimonio y un divorcio a medias, una traición entre amigos y un intento de mediación de Javier, que había terminado con una pelea entre los hermanos.

Llegaron al restaurante antes de que Silvia pudiera decir algo sobre la historia, o reaccionar como sospechaba que Teresa quería que reaccionara. La rubia le indicó a la anfitriona que tenían una reserva, y la mujer las guio por un salón inmenso decorado con gongs, dragones dorados y tapices que recreaban paisajes tradicionales chinos. Antes de sentarse, le entregó una galleta de la fortuna a Silvia, que respondió con una sonrisa amable. Los hermanos habían llegado hacía algunos minutos y estaban sentados frente a frente. Silvia se sentó al lado de Vicente y saludó a Javier con una sonrisa. Javier sonrió de vuelta y comenzó a explicar la razón por la que estaban en ese restaurante.

—China Garden fue de los primeros en abrir en la ciudad. Se especializa en comida china tradicional, que no es nada similar a la comida china a la que estamos acostumbrados en nuestros países.

—Hace poco leí un libro sobre cómo los barrios chinos de las ciudades gringas no se parecen en nada a los barrios en la China China —interrumpió Silvia e intentó hacer un chiste sobre cómo, por más tradicional que fuera el restaurante, ella siempre tenía la sensación de estar en una simulación—. Es que hasta me dieron galleta de la fortuna de bienvenida. ¿No debería ser este el postre?

—Tienes razón. Justo me siento como en la locación de una película —respondió Vicente, y esto dio pie para que él comenzara a hablar de un documental que había visto hacía algunos años sobre cómo Los Ángeles era más set cinematográfico que ciudad.

—A ver, abre la galletita. Necesitamos saber qué depara la fortuna —espetó Javier, un poco fastidiado por la complicidad natural que se había formado entre Silvia y Vicente.

—Yo sobreviví al terremoto y al agua. Soy 1979 partiéndose en dos y lo que usted piensa ahora mismo —recitó Silvia. La voz se le quebraba a medida que leía las palabras que se iban desenrollando desde el papel delgado.

—Me gusta —respondió Vicente con curiosidad—. Suena como el parlamento de una película sobre una mujer que daba profecías en el metro. Creo que tradujeron su título como *Chinatown, a toda hora*, o algo por el estilo.

Silvia mostró interés en saber un poco más sobre esa película y se quedó hablando con Vicente sobre cine, mientras Javier escogía varios platos de la carta y Teresa le mandaba mensajes de texto a su jefa, porque Helen necesitaba saber exactamente dónde había guardado unos *sweaters* de casimir finísimos que hacía un tiempo le había comprado a Bobby.

La charla entre Silvia y Vicente funcionaba. Ella se mostraba muy interesada en las anécdotas que el joven tenía sobre su trabajo y él parecía emocionado al compartir con ella algunas de las frustraciones que le generaba trabajar en cine. Antes del plato principal, Javier interrumpió la conversación para contarle a Silvia que su hermano había trabajado en una película que habían visto en uno de los festivales de cine latino que albergaba la ciudad.

Silvia no pudo contener la emoción y comenzó a taparse la boca y los ojos de manera histriónica, mientras repetía que no podía creer que estuviera sentada al lado de un genio. La película le había encantado y, desde que la había visto, se la recomendaba a cualquiera que se le pusiera en frente. Silvia le explicó a Vicente que ella había entrado a la sala de cine pensando que la historia de esa empleada doméstica en Lima iba a ser la historia triste de una mujer amargada, llena de pornomiseria y lugares comunes. Pero que quedó sorprendida y emocionada al ver una historia de amistad, en la que la mujer era retratada de una manera digna. Vicente le aseguró que la actriz principal era una de las personas más brillantes con las que él había trabajado, y luego entró en detalle sobre cómo casi todas las escenas de la película habían sido fruto de la improvisación.

Mientras Vicente hablaba, Silvia recordó la escena que más la había impactado. En ella, la protagonista le avisaba a su patrona que se iba a tomar unos días libres en un balneario. La patrona, desconcertada frente a la insolencia, intentaba reprocharla, pero la protagonista se quedaba sonriendo ante la cámara y, con toda la tranquilidad del mundo, le prometía un lindo souvenir de vuelta. Para Silvia, algo en la manera en la que esa mujer le hablaba a la otra, sin sumisión y con mucha fuerza, le resultaba muy sugerente.

—No quiero ponerme pesada, ni sobreanalizar todo, pero en ese momento entendí de qué iba la película. No se trataba de una pobre criada abnegada, presa de las desgracias y de las tragedias de la vida, como lo muestran las telenovelas. Tampoco la de la «buena criada», siempre lista a servir a los patrones con lealtad y sumisión. Era sencillamente una trabajadora pidiendo vacaciones.

Antes de que Silvia pudiera continuar analizando cómo el humor de la protagonista la interpelaba, cómo sentía que, en medio de esos chistes, la mujer se inventaba un trato más horizontal con sus patrones y, sobre todo, cómo esa actriz tenía un talento innato para la comedia física, Teresa la interrumpió diciendo que para ella la película había resultado interesante, pero algo predecible. Silvia se tapó los oídos y negó con la cabeza. Esa pantomima le resultó divertida a la rubia, que comenzó a exagerar la lista de cosas que no le habían gustado de la película para seguir provocando a su amiga.

La conversación siguió su cadencia entretenida hasta que llegó el momento de la cuenta. Teresa pidió que la dividieran entre tres y le explicó a Vicente que la situación económica de Silvia era muy difícil. Tanto que hasta había tenido que ponerse a trabajar para ellos para sobrevivir. El tono condescendiente de Teresa hizo que Silvia se crispara y, antes de que la rubia pudiera poner su tarjeta en la bandeja, la huésped lanzó un manojo de billetes que cubrían su parte y un poco de la propina. Teresa le preguntó si estaba segura, pues podía perfectamente pagarle su parte, a lo que Silvia volteó los ojos. No entendía por qué Teresa la tenía que tratar de esa manera, mucho menos en frente de Vicente.

19.

Abrió los ojos y sintió la boca seca. La cabeza le pesaba como si estuviera hecha de plomo y recordó todos los tragos de tequila y los brindis que había hecho con Vicente. Aunque había dormido muy pocas horas, se sentía satisfecha. Sonrió al recordar a los extraños en el bar que se les acercaron a preguntarles de dónde eran y cómo Vicente mintió cada vez que respondió esa pregunta. La noche anterior habían sido microbiólogos finlandeses. Poetas de Arkansas. Jardineros de Tuvalu. Músicos disidentes que recién habían podido escapar de China. Se quedó pensando en la manera en la que el rostro de Vicente se iluminaba con las luces neón de una cafetería a la que habían entrado de madrugada y recordó su tacto firme. Luego escuchó el ruido de la trituradora de café en la cocina.

Se acercó esperando encontrar a su compañero de fiesta, pero no había rastro de él. Junto a la cafetera estaba Teresa, impecablemente vestida, y le dijo «buenos días». Silvia se llevó las manos a la boca y se sintió avergonzada, pues su aliento olía bastante a alcohol. Se apresuró a decirle a Teresa que arreglaría la cocina justo después de preparar algo de desayuno. Abrió la puerta de la nevera, esperando encontrar un poco de jugo de naranja frío que le calmara la sequedad, y le preguntó a la rubia si quería huevos o cereal. Teresa le dijo que no se molestara. Podrían preparar algo juntas, aprovechando que Javier y Vicente habían salido a desayunar. Silvia se sorprendió por la amabilidad de su patrona, que esa mañana había decidido portarse nuevamente como su amiga, y le aceptó una taza de café recién molido.

—¿No me vas a contar lo que pasó anoche? —preguntó Teresa, con un tono de voz dulce que parecía impostado.

Silvia no supo cómo responder esa pregunta y, antes de que pudiera decir algo, la rubia continuó con el interrogatorio.

—Me hubiera encantado quedarme con ustedes, pero Javier no quería fiesta. ¿Estuvo bien?

Silvia aún estaba muy adormecida así que tampoco supo leer hacia dónde se dirigía Teresa con esa pregunta. Pensó que tal vez Teresa sentía pena de haberse perdido una noche de copas y que estaba proyectando una fantasía de diversión juvenil sobre ella. No entendía muy bien ese ataque de curiosidad y euforia. Antes de comenzar a hablar sobre lo que había ocurrido esa noche, Silvia decidió tomar un pocillo y llenarlo de agua para regar la planta de la sala. Bajo la luz de la mañana, parecía mucho más colorida y mucho más brillante que el revuelto de sábanas y maletas abiertas que invadían el apartamento. Pero ese silencio irritaba a Teresa, que se mostraba más y más curiosa de saber lo que había pasado la noche anterior entre sus huéspedes.

—Te escuché anoche —dijo finalmente con un tono de voz sombrío.

Silvia continuó en silencio. Seguía sin entender muy bien a qué se refería Teresa, ni de dónde salían esas provocaciones que buscaban recibir alguna información de vuelta. Sabía que el silencio era una de las cosas que más impacientaban a la rubia y recordó la vez que juntas habían ido a una reserva natural al oeste del maizal. A lo largo de la caminata, entre bosques y arroyos, Teresa insistía en decir en voz alta cualquier pensamiento que se le cruzaba por la cabeza. Después de tres horas de caminata, Silvia estaba agotada. No podía seguir pretendiendo que tenía algún interés en las cosas que Teresa decía y se mantuvo en silencio. Entonces las dos se sentaron en una pradera y Silvia por primera vez pudo escuchar algo diferente a la voz de Teresa. Ese silencio, poblado de los murmullos de los grillos y del estruendo del agua, le dio una gran sensación de calma. Se le ocurrió que tal vez ahora necesitaba blindarse de la atención de Teresa y refugiarse en su silencio. Guardaría lo que había pasado con Vicente y protegería esa noche, lejos de los juicios y de las opiniones de quien parecía visiblemente irritada con su mutismo. Además, ¿qué había sido eso que Teresa decía haber escuchado? ¿Las risas cómplices? ¿La manera torpe en la que se quitaron la ropa? ¿Los besos y lengüetazos húmedos? ¿Los gemidos que intentaron amortiguar con uno de los incómodos cojines que Vicente debía usar como almohada?

—Te paraste a las cinco de la mañana a orinar.

—¿Eso fue lo que escuchaste?

—Ninguna de las noches que has estado acá te has parado en la madrugada. Fuiste a orinar porque acababas de tener sexo. Fue lo primero que le comenté a Javier cuando se despertó. Está muy molesto con su hermano.

Silvia se sintió desconcertada. Al parecer, desde que ella había entrado al apartamento, Teresa llevaba un control sobre sus meadas y sobre quién sabía qué más cosas. Saberse observada, de esa manera tan meticulosa, la hizo sentir desamparada e impotente, como una niña que descubre que sus padres son capaces de cometer injusticias. El labio superior comenzó a temblarle. Quiso responderle con furia, pero se contuvo. Vio que su celular alumbraba sobre la mesa y aprovechó esa distracción para respirar profundo. Si le daba rienda suelta a su ira y entraba en combate con Teresa, terminaría llorando y no quiso ofrecer ese espectáculo.

—La pasamos muy bien. Justo ahora me acaba de mandar un mensajito —respondió Silvia.

Teresa notó que el cuerpo de la huésped se relajó apenas puso los ojos sobre el mensaje que acababa de recibir y sintió algo parecido a la decepción. Esperaba un comportamiento diferente de Vicente; tal vez la misma frialdad que mantenía con ella. Esa mañana, antes de que su amiga se levantara, Teresa se había imaginado todas las maneras en las que su cuñado se portaría mal. Tenía en la punta de la lengua un discurso sobre cómo el joven era un mal hombre, apenas un niño, y estaba dispuesta a dedicar algunos minutos de su día a consolar el corazón roto de Silvia. Intentó picarle nuevamente la lengua, pero su amiga insistía en el silencio. ¿Acaso no confiaba en ella?

—Javier y yo lo discutimos. Creemos que en la sala están muy apretados. Te pido que, en la tarde, después de limpiar el baño, organices la habitación y lleves el colchón inflable. Todos estaremos más cómodos si vienes al cuarto a dormir con nosotros y Vicente se queda acá en el sofá cama.

20.

Apenas volvió del baño, Silvia le pidió a Teresa que le pasara el teléfono. Lo había puesto sobre la mesa de noche de la rubia, pues su cargador se había quedado en la sala. Antes de meterse entre la sábana que estaba tendida sobre el colchón inflable, convenientemente ubicado a los pies de la cama de la pareja, Silvia quiso registrar que le acababa de llegar el periodo en una aplicación que rastreaba el ciclo menstrual. Cuando Teresa le entregó el teléfono, la huésped aprovechó para preguntar si podía sacar algunas toallas y tampones del clóset donde guardaban las compras hechas al por mayor, pues justo acababa de gastar la última toalla que quedaba en el baño.

Se quedó un rato revisando noticias en Twitter y, antes de pasarle de nuevo el teléfono a Teresa y acomodarse para que apagaran las luces, Silvia soltó una carcajada estridente. Javier quiso saber qué era lo que le parecía tan divertido y ella comentó que en la aplicación que usaba para rastrear el periodo había un foro en el que las personas intercambiaban consejos sexuales, y que algunas salas de participación tenían nombres absurdos. Teresa le pidió que leyera en voz alta esos nombres y Silvia aclaró su garganta. Comenzó: «¿Qué tanto sabes de tus tetas?», «¿Eres una genia del pene?», «¿Qué te excita más: tu compañero o tu teléfono?», «El maravilloso mundo del ano», «¿Cuál es tu animal de poder sexual?», «Expandiendo tu vagina», «¿Te gusta masturbarte cuando tienes el periodo?».

Cada vez que leía uno de los títulos, Javier hacía muecas exageradas y movía los ojos en señal de desagrado. Teresa parecía incrédula y le pidió que le mostrara esa aplicación, pues para ella era obvio que Silvia estaba inventándose esos nombres. Comenzó a reír, tomó aire y leyó: «El atractivo se ve afectado por el tamaño del pene». Le preguntó a Javier si pensaba que eso era cierto y el hombre, en lugar de responder, le pidió el teléfono y les leyó otros títulos a las dos mujeres, que se sentían ávidas de risa. «No hay calorías en el semen», repitió, haciendo un guiño de complacencia. «¿Eres una experta en vaginas?», «Los nombres más tiernos para tu útero». Javier se aclaró la garganta y miró a Teresa a los ojos mientras leía: «Tener sexo una o dos veces a la semana puede mejorar el sistema inmunológico» y Silvia se apresuró a pedir el teléfono de vuelta, pues le pareció que la pareja iniciaría una pequeña batalla y no quería ser testigo de un intercambio de dardos minúsculos. Antes de que Javier pudiera seguir leyendo, Teresa le quitó el teléfono de las manos y, divertida, continuó como si la insinuación no hubiera existido: «Descubre tu verdadero punto de placer», dijo entre risas. «Recorre tus zonas erógenas», continuó y batió los ojos de manera exagerada. Luego miró fijamente a Javier, después a Silvia y dijo: «¿Alguna vez has hecho un trío?». Los ojos de Teresa refulgieron por un instante, como si algo se le hubiera iluminado dentro. Bajó la mirada y se inclinó hacia la mesa de noche para dejar el teléfono y apagar la luz.

Antes de quedarse dormida, la rubia sintió que la envolvía una sensación tibia y pensó que así debía sentirse un hogar. Deseó que ese calor se quedara por siempre sobre sus mejillas, y cerró los ojos. Tomó aire y lo sostuvo dentro por cuatro tiempos, justo como la profesora de yoga que a veces iba a la casa de Helen le había enseñado, y luego exhaló con fuerza. El soplo de aire vino acompañado de una visualización de sí misma, dichosa, caminando por un centro comercial lujoso. Generalmente, siempre que hacía este método de visualización, Teresa se imaginaba parada frente a un gran ventanal, viendo la ciudad a sus pies, desde lo más alto de un rascacielos. Sin embargo, esta vez las imágenes que llegaron a su mente fueron otras. Ahora estaba tomada de la mano de Javier y también de Silvia. De repente, en medio de la visión, apareció un niño que se tiraba encima de ella y se reía estrepitosamente.

Se vio a sí misma dándole millones de besos al pequeño.

Javier y Silvia también le daban mimos y abrazos a ese niño y creyó escuchar cómo él deletreaba su nombre muy despacio. Se quedó repitiendo esas letras, una a una, y entendió que poco importaría un ascenso en el trabajo o la antipatía de Helen si ese niño llegaba al mundo.

La certeza que tuvo esa noche no tenía nada que ver con que su útero hubiera dado un vuelco; mucho menos fue el anuncio del comienzo del deshielo. La convicción de Teresa de no destrozar su cuerpo con un embarazo seguía firme. Era una voz la que había retumbado dentro de ella como un mandato. Pero todavía no era hora de actuar frente a su deseo; debía tener prudencia. No le quedaba más que plantar esa idea en las cabezas de Javier y de Silvia. Una semilla, tan solo un brote, que se alojaría en el cuerpo de la huésped.

Antes de cerrar los ojos e intentar quedarse dormida, Teresa se levantó y dio un vistazo a los pies de la cama, en donde yacía Silvia. Por un instante confundió el cuerpo de su amiga, iluminado a medias por un rayo del alumbrado público que se colaba por la ventana, con un fino cántaro de porcelana. Extendió los brazos, buscando la tímida luz de afuera, y sintió que su piel también se transformaba. Parpadeó y se sacudió esa imagen de los ojos. Se quedó observando las gruesas caderas de su amiga, que se marcaban con la sábana, y la manera caótica en la que su pelo se desperdigaba a lo ancho de la almohada. Quiso rozarle la mejilla suavemente y susurrarle al oído las letras secretas que componían el nombre del que sería su hijo, como si fuera un tratamiento de hipnosis que solo traería buenos resultados. Pero prefirió volver a la cama y dejar de gastar horas de sueño. Tenía la certeza de que Silvia no se negaría a ser parte de su nueva familia.

21.

En la mañana, Vicente le pidió a Silvia que lo acompañara a comprar unos encargos. Su vuelo saldría a las cuatro de la tarde, así que le propuso que fueran por *brunch* en un sitio coreano, que estaba de moda y que quedaba en el centro, para luego ir a buscar una tarjeta de memoria que debía llevarle a un compañero de trabajo.

En la estrecha sala, Vicente intentó empacar de nuevo algunas cosas que no sabía muy bien cómo organizar dentro de la maleta. Mientras él luchaba para poder acomodar un zapato que definitivamente no cabía en el compartimento principal, a Silvia se le ocurrió recomponer un poco la planta, a la que se le habían caído varias hojas. Ya parecía más un palo seco que un frondoso tronco de abundancia y sintió un vacío en el estómago, como si su buena suerte dependiera exactamente del nivel de frondosidad de su compañera. Comenzó a revolver la tierra y le echó la cáscara picada de un huevo, según las instrucciones de un tutorial de YouTube que prometía recuperar la vida de cualquier planta en menos de una semana. Vicente la miraba ensayar esos trucos de jardinería, divertido, pero en un momento le pidió que dejara de exagerar con los cuidados de la planta y que más bien lo ayudara sentándose encima de la maleta para poder cerrarla. A Silvia le pareció un poco torpe cómo Vicente despachaba el tema, ignorando la ansiedad que le causaba ver la planta tan frágil, pero decidió no molestarse con él y le ayudó a organizar mejor su equipaje. De tanto abrir y cerrar sus propias maletas —guardando, revolcando y acomodando una y otra vez la ropa de verano que fue desplazada por la de invierno y por todos los regalos de Teresa— se había convertido en una experta en el arte de embalar.

Se tardaron en salir del apartamento. Vicente lucía muy satisfecho por la manera en la que Silvia había redistribuido el peso de su morral y de una pequeña maleta de mano. Tomaron un bus hasta el centro y luego caminaron entre tiendas buscando la referencia específica de la tarjeta de memoria que le habían encargado. A lo largo del camino, Silvia agarró la maleta de mano y la arrastró con gracia entre andenes y viejas escaleras eléctricas. Se sentía como la participante de un programa de concursos que solía ver cuando llegaba del colegio. Allí, parejas de viajeros tenían que atravesar diferentes continentes en menos de dos semanas y enfrentarse a los obstáculos que aparecían en el camino. Los tropiezos iban desde escalar una de las cascadas de Iguazú, hasta regatear un taxi en Londres y, a pesar del *jet lag* y las barreras de lenguaje, siempre, sin falta, los participantes lograban llegar a la meta. A Silvia le fascinaba ver cómo esas personas no se rendían ante el cansancio o la antipatía de los locales, y comenzó a contarle a Vicente que, cuando era adolescente, fantaseaba con hacer todos los viajes que veía en la televisión.

Vicente sonrió mientras se imaginaba a una Silvia mucho más joven, en uniforme de colegio, que se lamía las comisuras de los labios de una manera provocativa. Se sacudió de la cabeza esa imagen y, sin pensarlo mucho, le preguntó qué había pasado con esas ganas de seguir viajando. Silvia lo miró con extrañeza. ¿Acaso no la había escuchado hablar, en numerosas ocasiones, de su falta de papeles y de plata? Respiró profundo y, paciente, le explicó que no podía salir de ese país hasta que no legalizara su situación migratoria, y que su situación migratoria dependía de conseguir un trabajo que le permitiera sacar una visa. Además, nada de eso compensaría el hecho de que, desde hacía varios años, ella vivía del día a día y ganaba exactamente lo que necesitaba para sobrevivir. No tenía vida crediticia en ese país, mucho menos un colchón holgado de dinero que pudiera destinar a viajar por el mundo. Mientras intentaba darles algún sentido a todas esas cuentas, vino a ella la visión de los labios carnudos y rojísimos de Teresa, hablando sobre Vicente y repitiendo hasta la saciedad que era un niño.

Y lo comprendió.

Solo alguien que no entendiera lo difícil que era hacerse una vida en otro país —arriesgarse a nadar dentro de una corriente adversa para apostar por unos cimientos mucho más estables— podría hablar desde ese lugar tan infantil. Imaginó a Vicente como una especie de Rico McPato, sentado sobre una montaña de oro a la que le arrancaba pedazos que volvían a crecer y se le multiplicaban en las manos, y lo miró con desdén.

—Sencillamente no tengo el dinero —espetó antipática.

Vicente repitió esa frase, pero exagerando el acento de Silvia de manera burlona.

—Justo suenas como Teresa —la reprendió—. ¿De dónde salió esa voz de película doblada?

A Silvia le fastidió el comentario y respiró hondo.

—¿Sabes que ella dice que tú intentas copiarla? —insistió Vicente, muy interesado en compartir el antagonismo que sentía por su cuñada—. Siempre habla de ti como la chica que aspira a ser como ella.

Silvia permaneció en silencio. Comenzó a caminar más rápido, con el ánimo de perderse entre la muchedumbre y desaparecer de la vista de Vicente, pero su compañero apretó el paso y le pidió que se tranquilizara. Silvia sonrió, aunque sintió que los ojos se le encendían con rabia, y procuró calmarse. Vicente se iría en un par de horas y no era necesario ser grosera. El joven, por su lado, procuró rescatar la conversación sobre la pareja, como si esa fuera la clave para restablecer una complicidad con ella.

—No me imagino el calvario que debe ser vivir con mi hermano y con Teresa —afirmó, con la seguridad de que ninguna divisa, por sólida que fuera, podría brindarle un bienestar mayor que el de no tener que verle la cara de amargura constante a esa pareja.

—Tampoco es que tenga mucho adonde volver. No me siento con las fuerzas de empezar de nuevo —respondió Silvia agobiada por la manera en la que Vicente hablaba del estilo de vida que ella compartía con sus amigos—. Además, me gusta la vista de la ciudad. Es como vivir dentro de una postal.

—No puedes alimentarte solamente de panorámicas. Te desnutres —respondió Vicente, con un dejo de autoridad en su voz—. Estoy seguro de que todo estaría mejor en tu país —dijo suave, como si estuviera avergonzado de las palabras que estaba pronunciando—. O bueno, tal vez yo no estoy hecho para comer tanta mierda.

—A veces, la mejor manera de salvarse es esperar a que la corriente nos arrastre a buen puerto —dijo Silvia, con un tono ominoso.

—Pues espero entonces que pronto nos volvamos a ver en ese puerto —respondió Vicente coqueto.

—Ojalá —murmuró Silvia, con la plena certeza de que jamás lo volvería a ver.

22.

Se quedó unos minutos frente al espejo, disfrutando de su imagen.

Se veía altísima, casi como Teresa, y le gustaba cómo el vestido se le ceñía a la cadera y le hacía ver una cintura angosta. Llevaba un abrigo corto que había encontrado a muy buen precio y que parecía finísimo. Estaba recubierto de pelos sintéticos que emulaban la piel de un conejo, y se tomó un instante para tocar con la punta de los dedos la textura cálida que le rodeaba los brazos. A pesar de estar en el baño del museo, un recinto cerrado, iluminado y decorado de manera muy sobria, Silvia abrió su cartera y sacó unas gafas de sol. Se las puso y le gustó cómo se veía —tan hermosa y relajada—; se le ocurrió que parecía una estrella de Hollywood, disfrutando de la atención de la prensa. Se quitó los lentes y se cercioró de que no hubiera nadie más en ese baño, que bien podría duplicar el tamaño de la sala del apartamento, y comenzó a hacer un baile discreto. Mantuvo la mirada en el reflejo. Hacía mucho tiempo no estaba frente a un espejo de cuerpo entero —no le gustaba entrar a verse al cuarto de Javier y Teresa— y quiso observarse, reconocerse en los gestos y las muecas de esa mujer joven que —se le antojaba— hoy parecía estar dichosa con la vida que se había construido.

Apenas salió del baño, se encontró con Javier y Teresa, que observaban un mapa e intentaban orientarse dentro de la inmensidad del museo. Después de un corto análisis, y a pesar de lo helado que estaba afuera, el trío decidió ir hacia el sur del edificio y desde ahí cruzar por un jardín que los llevaría a la gala de beneficencia a la que los había invitado Helen. Los tres atravesaron la cafetería y la tienda de regalos. Silvia no dejó de comentar, maravillada, que ese espacio despojado de turistas parecía el set de una película de miedo, y sus palabras reverberaron en un eco que la divirtió y la hizo llamar varias veces a Nosferatu para escuchar los diferentes golpes de su propia voz.

—¿No te parece que nuestra Silvia se ve como una actriz de película francesa? —le preguntó Teresa a su marido, que parecía no escucharla.

—Nueve minutos. Cuarenta y cinco segundos —respondió Javier, como si estuviera recordando una contraseña perdida.

—¡Exactamente! —gritó Silvia y dio una carcajada que retumbó por las paredes y el techo—. Esto también se siente como esa película en la que tres amigos corren por el Louvre.

Teresa no parecía incómoda ante la complicidad que en ese momento se tejía entre su marido y su querida amiga. Se quedó observándolos mientras comparaban impresiones sobre las relaciones extrañas que entablaban los tres amigos a lo largo de la película —las tensiones sexuales, según Javier; la competencia entre machos, según Silvia— y luego les propuso que corrieran una carrera.

—Basta de tanta palabrería —dijo con un dejo divertido en su regaño—. ¿Cuándo más podrán concretar una fantasía y vivir en carne y hueso las películas?

Las reglas, bastante sencillas, las puso Teresa: debían llegar hasta el otro lado de la sala de esculturas contemporáneas, esquivando lo que parecía ser un tronco de árbol hecho de papel maché y varios trozos de vidrio que componían la obra de un reconocido artista japonés. Como premio, el ganador eligiría el restaurante en el que cenarían la noche siguiente, a lo que Silvia pensó que, de cualquier manera, ella resultaría ganando, pues no tendría que cocinar y podría dedicar su noche a hacer algo diferente a ordenar y lavar trastos. Se quitó los zapatos de tacón —tenía miedo de terminar estampada contra el arte contemporáneo que yacía en el piso— y corrió lo más rápido que sus piernas le permitieron.

Cuando llegó a la meta, unos segundos después de que Javier llegara, sintió que el corazón se le escapaba del cuerpo. El hombre la abrazó, de manera victoriosa, mientras Teresa, desde el otro lado de la sala, declaraba un empate.

—¡Hurra! —gritó Silvia con emoción, pero rápidamente se sintió cursi e intentó disimular la vergüenza que le causaba sonar como un video de propaganda nacionalista gringa.

Teresa apresuró el paso y se hizo entre su marido y su amiga. Enganchó el brazo en el brazo de cada uno y, como si se tratara de una línea de coristas, los tres entraron al salón en donde se llevaba a cabo una gran fiesta.

23.

Lo primero que hizo Silvia, después de sentarse en una silla libre en la parte de atrás del bus, fue quitarse los zapatos. Intuyó la cara de desagrado de Teresa, quien jamás osaría tocar ese suelo pegachento con ninguno de los bordes de su piel, pero estaba muy cansada como para disimular que, en ese momento, lo único que ansiaba era tirar los tacones lejísimos y meter los pies en una tina de agua caliente.

—Lo que más me gusta de pasar tiempo con ricos es que, después de un rato, comienzo a sentirme especial —expuso Javier con ironía.

—Habla más bajo —dijo Teresa con un tono de voz irritado—; no sabemos si alguien acá nos entienda. No quiero ofender.

Silvia y Javier dieron un vistazo rápido a los otros pasajeros y luego se sonrieron de manera cómplice. Quienes acompañaban su viaje eran un par de hombres de origen indio que estaban sentados al frente y que conversaban en un dialecto propio, un anciano pakistaní que leía un libro sobre ajedrez y dos mujeres que vestían sudaderas con la bandera de Panamá y que conversaban, sentadas delante de Silvia. Era más que claro que, a esa hora, nadie que conociera a Helen estaría montado en ese bus.

—Creo que Helen hizo todo lo que estaba en su poder para hacernos sentir a gusto —dijo Teresa, buscando atajar la andanada de comentarios quisquillosos que vendrían de su marido.

—No tengo ningún problema con ella —respondió Javier a la defensiva—. Pero ¿por qué todos sus amigos tenían que tratarnos como animales exóticos?

Silvia rio y se incorporó a la conversación. Les contó a sus amigos que había estado la velada entera intentando explicarle a un empresario de Minnesota, en un inglés muy chapuceado, cómo había sido crecer en una ciudad al sur del continente. Luego recreó la cara de sorpresa del hombre cuando se enteró de que ella conocía perfectamente la trama y las intrigas de *Grey's Anatomy*, pues había crecido viendo televisión gringa.

—¿No te preguntaron si la señal de cable en la selva era buena? —replicó Javier con un tono burlón, a lo que Silvia contestó que, si tuviera un inglés más fluido, seguro hubiera podido tomarle un poco el pelo e inventar que su televisor estaba instalado sobre la cáscara de un coco.

—Bueno, pero no todos son tan malos —interrumpió Teresa.

—Pues ¿qué me dices del que te escuchó estornudar y te preguntó si tenías gripa porcina? —espetó Javier y los tres se carcajearon ante la pregunta absurda.

—O del que se acercó y, cuando te oyó hablar en español, salió despavorido y solo decía *sorry, sorry. I thought you were white* —complementó Silvia.

—Perdónalos, pues no saben lo que hacen —respondió Teresa en broma.

El rumor del motor del bus arrulló al trío a lo largo de las autopistas vacías. Silvia apoyó la cabeza contra la ventana y se distrajo espiando la conversación de las mujeres panameñas. Acababan de salir de su trabajo y parecían estar planeando una reunión familiar. Silvia alcanzó a entender que uno de sus primos llegaría a la ciudad, buscando un mejor futuro, y estaban organizando una fiesta de bienvenida para que se sintiera en casa. La cadencia del acento de las mujeres la arrulló y, sin planearlo, se quedó dormida. Mientras el bus seguía la ruta, Silvia tuvo un sueño angustioso: era ella quien llegaba a esa fiesta de bienvenida, pero completamente desnuda. Quien la recibía era Helen, con un fuerte abrazo y un beso sonoro en la mejilla, y esos apapachos le daban unas ganas irrefrenables de cagar. Un poco de baba se le escapó por entre los labios, y esa sensación de humedad la despertó. De repente, como si le hubiera sido revelada una epifanía, Silvia rompió el silencio para comentar lo hermosa que era Helen. Le había encantado cómo estaba vestida —con un traje que la hacía ver como la mezcla entre Grace Kelly y una bailarina contemporánea— y le había impactado la manera en la que sus pómulos altísimos parecían reflejar toda la luz del salón.

—Me quedé examinándola de cerca y no se le veía ni medio poro. No me imagino cuánto deben costar las cremas que se pone para que se le vea así la cara —murmuró con admiración.

—¿Te fijaste en el hombre calvo, de barba, que la acompañaba? —preguntó Teresa, con un tono de voz que sugería que estaba a punto de soltar un chisme jugoso. Y comenzó a explicar que ese hombre era una de las parejas múltiples de Helen.

—Pero pensé que su marido también estaba en el evento —interrumpió Javier, confundido.

—Helen me contó que hoy iba a hacer una especie de prueba piloto —continúo Teresa—. Por primera vez su novio local iba a compartir espacio con uno de sus novios de afuera. Primero iban a cenar los tres y luego irían a la beneficencia.

—Parece que salió muy bien porque no hubo polidrama —replicó Silvia y algo en sus palabras pareció complacer a la rubia, que sonrió y miró por la ventana.

El trayecto del bus siguió sin muchos sobresaltos. El camino era largo y, apenas se bajaron las mujeres panameñas, Silvia se sentó con las piernas estiradas sobre las sillas. Se puso el pequeño abrigo de piel de conejo sobre las pantorrillas desnudas y cerró los ojos con disimulo. En ese instante se le aparecieron las cabezas flotantes del hombre calvo y de Helen, y del empresario de Minnesota y de Javier, y vio, como si se tratara de un gran caleidoscopio, a todos esos rostros fundirse en un gran beso con lengua.

24.

Lo primero que maravilló a Silvia, cuando entró en la casa de Helen, fueron las paredes que, a simple vista, parecían muy gruesas.

Y las puertas muy gruesas de madera maciza y los mesones muy gruesos de granito que se levantaban firmes sobre la cocina. Pensó que todo en ese lugar estaba hecho con materiales «de verdad», y no con el débil cartón que revestía las paredes y los pisos del apartamento, y sintió un poco de vértigo.

Teresa notó la palidez en el rostro de su amiga y le ofreció un vaso con agua. Silvia aceptó, pero se quedó parada en una de las esquinas de la cocina, como un animal atrincherado. Teresa le pidió que se relajara y que los acompañara a la sala. Javier ya se había quitado los zapatos y estaba despernancado en uno de los sofás, como si ese espacio le perteneciera.

Un frente polar había retrasado los vuelos durante el fin de semana y Helen le había pedido a Teresa que se quedara un par de noches cuidando al pequeño Bobby, mientras ella encontraba la manera de regresar a casa. A la rubia le pareció buena idea que Javier la acompañara y, cuando se aseguró de que a su esposo le parecería muy divertido quedarse en un lujoso apartamento, entre los dos se tomaron el trabajo de convencer a Silvia, prometiéndole que no tendría que mover un solo dedo durante el par de días que se quedarían allá. ¿Cuándo más podría darle un vistazo a la manera en la que vivían los ricos en esa ciudad difícil? A Silvia le gustó la idea. O al menos sería algo que agitaría la aburrida rutina de los últimos días de invierno, pensó, y se armó una maleta ligera.

Sin embargo, apenas entró en la casa de Helen, Silvia no pudo sacudirse una fuerte sensación de incomodidad. Recordó que había leído la historia de una pareja de investigadores paranormales a los que les pagaban muchísimo dinero por ahuyentar los malos espíritus de casas de familias ricas y deseó tener su teléfono a la mano. Luego pensó que, si tuviera un poco más de malicia, podría cobrarle algo de plata a Helen para inundar ese espacio con sahumerios y palo santo. O podría instalar un difusor de aromaterapia. Quemar un incienso. Cualquier cosa que disipara la atmósfera pesada que se había asentado sobre ella y que parecía hacerse más gruesa y espesa a medida que pasaba el tiempo.

—Veo, veo… un montón de guías Lonely Planet —la voz de Javier se abrió paso sobre los pensamientos de Silvia, como un faro interrumpiendo la densidad de la noche.

Desde la comodidad del sofá, Javier señaló la parte alta de la biblioteca que se encontraba justo enfrente de ellos. Silvia se acercó, como si fuera una funámbula, y comenzó a ojear los lomos de esas guías de viaje.

—Tiene de Japón, Etiopía, Italia —comentó Silvia con gran curiosidad—. Pero, mira, extrañamente la que está llena de *post its* es la de Rusia.

—Tal vez nuestra querida Helen sea una espía encubierta —respondió Javier, suspicaz—. Veo, veo... un jarrón que podría esconder una cámara miniatura.

Acto seguido, Silvia se acercó al jarrón y lo rozó con la yema de los dedos. Su textura gruesa le causó desconcierto y adivinó que el material con el que estaba hecho debía de ser muy costoso. Rápido retiró los dedos del jarrón, como si la hubieran electrocutado. Tenía pánico de que su solo tacto fuera a romperlo. Luego se quedó muy quieta, incapaz de recostarse sobre la biblioteca, ahora temerosa de que su sola presencia fuera a desatar un huracán minúsculo que lo revolcara todo y que la dejara a ella con una deuda impagable. Se tomó el tiempo de observar el espacio, pues necesitaba analizarlo y así poder anticiparse a la torpeza de sus propios movimientos. Le sorprendió que el apartamento de Helen no parecía ser ni tan grande ni tan lujoso como ella lo había imaginado. No tenía inmensas escaleras de caracol, ni un piso de mármol brillante, pero sí tenía un ascensor que, cómodamente, abría sus puertas justo en la entrada del apartamento y una torre de lavadora y secadora en la parte de atrás de la cocina. Se le ocurrió que hacer el aseo en la casa de Helen debía de ser muchísimo más cómodo que en el apartamento, pues Teresa no tenía que arrastrar montones de ropa sucia a lo largo de varias cuadras hasta encontrar una lavandería disponible, y sintió algo parecido a la envidia. Luego escuchó los gritos de Bobby retumbar a pesar del grosor de esas paredes y se acercó al cuarto donde estaba la rubia. Desde el umbral vio la imagen de una Teresa impaciente, algo desesperada, pues cada uno de los juguetes que le daba al niño para consolarlo eran desechados.

La huésped sintió alivio por no tener que lidiar con las pataletas de ese reyezuelo aburrido, que no encontraba sosiego en ninguna de las distracciones que le ofrecía Teresa. Pero también sintió culpa y pensó que era su obligación ayudar a su amiga a calmarlo. Se acercó al tapete de juegos y comenzó a hacer una voz delgadísima que, por alguna razón misteriosa, pareció calmar a Bobby. Puso su rostro muy cerca del rostro del niño, y él le tocó los ojos y las mejillas con torpeza. Luego se atacó a reír cuando Bobby se llevó uno de sus mechones de pelo a la boca. Silvia exageraba sus muecas y le llenaba de besos las manos, y esa complicidad espontánea que surgió entre los dos hizo que Teresa se sintiera avergonzada. De manera enérgica, la rubia le pidió a Bobby que se quedara quieto, pero Silvia le dijo que no le molestaba. El niño, por su parte, parecía estar embelesado con esa extraña.

—Quiere que lo cargues —explicó Teresa, que entendía los balbuceos foráneos de Bobby y la manera insistente en la que le mostraba sus brazos extendidos a Silvia.

—¿Puedo? —preguntó Silvia, con temor.

Sintió que ese pequeño era infinitamente más frágil que cualquier jarrón, biblioteca o repisa y tuvo pánico de que se le resbalara entre las manos. Teresa notó el terror en los ojos de su amiga y le palmoteó los hombros en un afán por que sintiera suficiente confianza. Sabía que contar con la ayuda de Silvia podría alivianar las cargas de esa jornada como niñera, y se cercioró de hacerla sentir cómoda y de mostrarle la mejor manera de cargar al pequeño. Silvia sintió que esas palmadas dulces la reconfortaban e intuyó, por primera vez en mucho tiempo, aprobación por parte de Teresa. Cedió ante los reclamos de Bobby y, con muchísima cautela, se inclinó ante el niño y lo levantó del suelo.

Javier se sorprendió cuando vio a Silvia llegar a la sala con Bobby en brazos. Tuvo la impresión de que su amiga parecía salida de una pintura religiosa, y esa aparición hizo que su cuerpo se llenara de una sensación tibia, similar a la que sentía cuando era niño y se quemaba los dedos con la cera de las velas. Era cierto que Silvia siempre le había parecido una mujer atractiva —tal vez menos convencionalmente bella que Teresa, pero mucho más *hot*— y verla con el niño en brazos le generó un profundo sentimiento de admiración y ternura. Se quedó un buen rato observando la manera en la que Silvia entretenía al niño con rimas y canciones, cómo jugaba con él y le permitía tocarla con las manos pegachentas, y tuvo un deseo primigenio de penetrarla hasta fecundarla. Imaginó a Silvia con una falda trepada arriba de las rodillas, abrazándolo fuerte con las piernas, llenando sus oídos con gemidos roncos, y ese pensamiento le generó una erección leve. Avergonzado, se levantó del sofá y entró al baño de huéspedes.

Javier sintió como si el espíritu de un sátiro se le hubiera metido dentro. Generalmente, él prefería masturbarse en lugares que le garantizaran una privacidad completa, como en los escasos momentos que se quedaba a solas en el apartamento. A pesar de que el tacto de su propio semen le desagradaba, disfrutaba muchísimo masturbarse. Aun cuando después de la eyaculación lo revestía un sentimiento de culpa que lo hacía pensar que, con cada paja, le estaba siendo infiel a Teresa. Sin embargo, esa visión de Silvia le despertó un furor adolescente y, sin mucho pensarlo, decidió que debía alivianar la erección que estaba experimentando. Se desabotonó los pantalones con premura y sintió una mayor excitación con la sola vista de su pene. Lo rozó con las yemas de los dedos de la mano derecha y le entró un bochorno que lo agarraba desde las pantorrillas. Tres jalones fueron suficientes para que saliera un chorro delgado de semen de la mano de un par de gemidos tristes. De manera prolija se lavó las manos y se aseguró de que todo estuviera en orden antes de volver a la sala.

Las dos mujeres no notaron la ausencia de Javier. Estaban bastante entretenidas jugando al avioncito en el comedor, intentando que Bobby se comiera unos trozos de brócoli con pera. Cuando finalmente salió del baño, la luz del cielo rosado que anunciaba el final de la tarde alcanzó a iluminar los rostros de Silvia y de Teresa. Javier pensó que esa escena doméstica parecía sacada de un cuadro de Hopper y sintió que él era enormemente privilegiado, pues toda esa belleza se desplegaba solo para sus ojos. Buscó su teléfono y, sin decir mucho, comenzó a sacarles unas cuantas fotos.

—¡Qué hermosas se ven mis dos mujeres alimentando al niño! —exclamó Javier con un tono de voz que incomodó a Silvia.

La huésped quiso ahuyentar esa sensación pesada y le pidió a Javier que le mostrara las fotos. A Silvia le pareció que su cara salía rarísima. Las había tomado desde un ángulo que, definitivamente, no le favorecía, y bromeó sobre cómo su rostro extraño estaba lejos de la perfección fotogénica que siempre alcanzaba Teresa.

—Pero mira lo linda que te ves con Bobby —replicó la rubia, de manera pausada, mientras observaba las imágenes—. Te lucen los niños. De verdad que te ves hermosa.

—Eso, te lucen los niños —repitió Javier, como si fuera un eco de las palabras de su esposa, dejando entrever algo de deseo.

25.

No resultó fácil que Bobby durmiera esa noche.

Justo cuando estaba listo para que Silvia y Teresa le dieran un baño y le pusieran la piyama, Helen lo llamó y le pidió que se portara bien con la niñera y sus amigos mientras ella regresaba. El cambio de rutina alborotó una pataleta en el niño, quien creyó que el trío iba a dejarlo a su merced esa noche, y no se calmó hasta que las dos mujeres le prometieron solemnemente que no se irían de esa casa hasta que Helen regresara. Entre lágrimas, Bobby le pidió a Silvia que lo durmiera y le extendió los brazos para que lo cargara hasta su cuarto. Cuando el niño estuvo arropado y listo para dormir, le pidió que le leyera un libro sobre Douglitas, un perro que soñaba con ser bombero. Bobby, que sabía de memoria todo lo que pasaba en el cuento, se molestó al escuchar leer a Silvia en voz alta y le corrigió el inglés un par de veces. Antes de sucumbir al llanto, cerró los ojos y se quedó dormido.

Cuando Silvia salió a la sala, se encontró con que Javier y Teresa habían extendido uno de los sofá camas y lo habían llenado con mantas y almohadas. La huésped se sintió avergonzada por no haber sido ella quien se encargara de disponer el lugar donde dormirían y le pidió excusas a Teresa.

—Nada de eso —replicó la rubia con un tono de voz alegre—. Pensé que los tres podríamos dormir acá y, ahora que lo extendí, me doy cuenta de que sí hay campo suficiente.

Silvia hizo una mueca extraña que evidenció que no entendía la lógica de lo que planteaba Teresa.

—Ni loca voy a dormir en la cama de Helen —comentó la rubia—. Me parecería muy irrespetuoso. Sería como si a ti se te ocurriera dormir en nuestra cama. ¿Te atreverías?

La mente de Silvia se quedó en blanco. Reconocía que el comentario que acababa de hacer Teresa era tremendamente violento y, a su vez, el tono dulce de la rubia le generaba una disonancia. Tal vez en esa pregunta se escondía una provocación. O un conjuro. Una invitación a profanar la intimidad que la pareja compartía cada noche a la hora de acostarse. Un escalofrío recorrió toda la espalda de Silvia y, por instinto, se replegó hacia una de las esquinas de la sala y allí se quedó en silencio con los brazos cruzados.

Sin preguntarle a nadie, Javier se acercó a uno de los estantes de la biblioteca y tomó una película de la amplia colección de cine arte de Helen. Teresa se explayó en el sofá cama y dio un par de palmadas sobre el lecho, para invitar a Silvia a que se sentara a su lado.

—Tranquila —dijo la rubia con una voz muy suave—. Te prometo que no mordemos.

Esa amabilidad genuina —que iluminaba los ojos de Teresa y que la hacía ver como una niña pequeña que invita, con desenfado, a su madre para que se una a sus juegos— conmovió a Silvia, que respondió con una risa débil. Sin embargo, no quiso explayarse sobre el sofá cama como la rubia. Sentía que, en su torpeza, podría romper o ensuciar algo y se sentó en una de las esquinas. Javier, por su parte, se tendió al lado de su esposa, con las extremidades bien estiradas, y puso los brazos debajo de la cabeza como si estuviera plácido, bronceándose, sobre la cubierta de un yate.

Javier tomó el control remoto y le dio *play* a una película francesa que alguna vez Silvia había visto. La historia era deshilvanada, pero esta vez se le hizo un poco más confusa. Sentía que el sueño la vencía y le costaba prestar atención a lo que sucedía en pantalla.

—Te ves muy incómoda sentada en esa esquina. ¿Segura no quieres acostarte acá al lado? —preguntó Teresa, después de ver cómo Silvia giraba el cuello en varias direcciones e intentaba mantenerse erguida a pesar del cansancio.

Silvia cedió y reptó hasta llegar al lado de la rubia. Allí por fin se recostó. Sin embargo, su cuerpo estaba tenso procurando mantener distancia del cuerpo de Teresa, como si entre las dos hubiera un alambre de púas invisible. Tendida sobre el sofá cama, con los hombros y los brazos entumecidos, recordó la trama de la película que Javier había escogido. Era la historia de una mujer que quería tener un hijo y se lo pedía desesperadamente a su novio. Frente a la negativa, la protagonista recurría al mejor amigo del novio para que él fuera el padre de su hijo, tal vez esperando una reacción de celos que hiciera que su pareja despertara ante su deseo.

—Esta película nunca terminó de cuadrarme —comentó Silvia, mientras veía a la protagonista cantar una canción de despecho—. No se entiende bien quién es el narrador de esa historia. Creo que busca refugiarse en imágenes bellas para tapar grandes huecos en la trama.

—A mí me encanta —interrumpió Teresa—. Me parece una solución creativa a un problema difícil.

—¿Que le pongan ropa y maquillaje hermosos a la protagonista para que olvidemos lo inverosímil de la trama?

—No —respondió Teresa, con una seguridad que hizo que Silvia le prestara atención—. Si alguien no quiere tener hijos, tal vez un amigo puede ser de gran ayuda.

—Me parece la solución perfecta. Como que me dan ganas —comentó Javier desde el otro lado del sofá.

Silvia se sorprendió con el comentario audaz de Javier. Él siempre le había parecido muy callado y jamás habían hablado en voz alta sobre la negativa de Teresa a embarazarse. Sintió que necesitaba escabullirse. Le incomodaba que la metieran en sus asuntos más íntimos.

—No creo que la vida sea como una película francesa —respondió Silvia entre risas, tratando de que se perdiera la ambigüedad en la conversación.

—Pensé que te gustaba vivir como en las películas —replicó Teresa.

El trío se quedó en silencio mientras la protagonista bailaba melancólica y batía las pestañas hacia la cámara. El sueño fue apoderándose de ellos y sus cuerpos fueron cediendo a la extraña manera en la que debían acomodarse y reacomodarse en ese lecho minúsculo.

26.

Silvia sintió la necesidad de organizar las cajas que contenían los regalos de boda.

Quería encontrarles un lugar a todos esos aparatos electrónicos, servilleteros y juegos de toallas que aún no habían sido desempacados. Estaba cansada de sacudir el polvo, cada día de por medio, y de retirar las telarañas delgadísimas que se acumulaban en las esquinas y en la parte posterior de esa torre de cajas que la pareja parecía haber olvidado con los meses. Sin embargo, justo cuando iba a empezar a acomodar las cajas, Javier tomó su computador y se sentó en la mesa del comedor. Al parecer, él había tenido la iniciativa de volver a su tesis y pensó que sería más productivo quedarse toda la mañana en casa escribiendo. Silvia movió un par de cajas y buscó un bisturí con filo para abrirlas, pero se dio cuenta de que cada movimiento que hacía distraía a Javier de su trabajo y él le pidió que dejara eso para después. Decidió entonces arreglar la cocina y trapear un poco. No había afán. Cuando Javier saliera, en la tarde, tendría la casa para ella sola y podría armar y desarmar el rompecabezas de los regalos de boda a su antojo.

Silvia estuvo un rato largo en la cocina y aprovechó para lavar la loza, desinfectar el lavaplatos y ordenar un poco la nevera. Quiso prepararse un café, y pensó que lo más amable era preguntarle a Javier si él también quería uno. Asomó la cabeza y vociferó con fuerza, pero él no la vio ni la escuchó porque parecía estar muy concentrado en su computador, con los audífonos bien puestos. Silvia se acercó por detrás, buscando rozarle el brazo para llamar su atención. Aprovechó para espiar la pantalla del computador y curiosear qué era eso que lo tenía tan concentrado. Silvia esperaba encontrar modelos económicos complejos o gráficas que señalaran la relación entre la desigualdad y el urbanismo, pero lo que apareció ante sus ojos fue la página principal de una tienda que vendía aparatos tecnológicos. Javier estaba así de concentrado porque estaba comparando los precios y la capacidad de diferentes modelos de teléfonos celulares y había abierto una hoja de Excel en la que consignaba variantes como velocidad, tamaño y calidad de la cámara de fotos.

Javier debió sentir la presencia de Silvia pues salió de su trance, se dio vuelta y comenzó a hablarle sobre sus hallazgos. La huésped se sintió confundida. No sabía que Javier estaba pensando en hacer esa compra, y quiso escuchar de manera atenta lo que le estaba señalando, pero pronto entendió que el nuevo celular hacía parte de un plan futuro que no se concretaría. Mientras él continuaba la perorata, Silvia se lo imaginó en un largo corredor abandonado esperando a que alguien le abriera una puerta. La visión de ese espacio por el que nadie transitaba la estremeció. Quiso acercarse a Javier, pedirle que se levantara y que abriera por sí mismo la puerta, pero sintió que ella también estaba atrapada en ese laberinto de actos fallidos. Era una pesadilla. Cada vez que ella aparecía con un objeto con filo, cada vez que buscaba destapar lo que reposaba en la sala, Javier y Teresa la detenían, postergando lo inevitable. Todo dentro de este apartamento se queda en reposo, pensó Silvia, y percibió como si una entidad oscura la invadiera y la obligara a permanecer en ese limbo de quietud y bruma.

Sintió una fuerte presión en el pecho. Tuvo que toser para liberarse de esa sensación de ahogo.

—¿Estás bien? —preguntó Javier y le ofreció un vaso de agua. Cuando la huésped hizo una seña de que había recuperado el aire, él le confesó que no había podido concentrarse en toda la mañana.

A Silvia le pareció que debía tomar el rol de interlocutora y comenzó a preguntarle detalles sobre su tesis y sobre las razones por las que no había podido avanzar. Javier intentó explicarle un par de cosas sobre desarrollo económico, pero rápidamente desvió la conversación a lo mucho que lo aburría ese tema. Se había decidido por él porque un profesor se lo había sugerido, pero la realidad era que poco o nada le interesaba eso que estaba estudiando.

—¿Por eso te has demorado tanto en terminar? —preguntó Silvia con algo de curiosidad sobre los modos de trabajo de Javier.

—Supongo que sí. Aunque debería hacerla rápido y no volver a pensar en eso. Si hubiera sabido que me iba a enredar tanto con una solución aparentemente fácil, tal vez me habría dedicado a otra cosa.

—¿Y qué sería esa otra cosa? —preguntó, ávida de conocer de una manera un poco más íntima a ese hombre con quien compartía un techo.

—Buena pregunta —respondió Javier más pausado—. Ahora que lo pienso, creo que no hay nada en la economía que me interese. Solo decidí estudiarla porque era lo que hacía mi padre.

Mientras Javier hablaba, Silvia se imaginó la casa del marido de su amiga en Lima. Ante ella apareció un apartamento con grandes ventanales arropados por el cielo gris y vio una infancia llena de partidos de fútbol y carros a control remoto. Vino a ella la imagen de un hombre en traje y corbata que levantaba al pequeño Javier del suelo. Se entretuvo por un instante con la visión del niño que jalaba la barba de su padre, y luego pensó en cómo ahora Javier intentaba llevar una barba poco poblada que le hacía ver los cachetes aplanados. Tal vez, pensó Silvia mientras se adentraba más en lo gris, lo único que este hombre ha querido es tener un hijo para que alguien lo admire.

—Si se te apareciera el genio de Aladdín, ¿qué tema de tesis desearías? —preguntó Silvia de manera juguetona.

—Desearía no tener que escribir una tesis, definitivamente.

—Bueno, pero te quedan otros dos deseos.

—La paz mundial y acabar con el hambre —musitó Javier, entre risas.

—Justo esos dos deseos están vetados para el genio. Es el protocolo internacional de los deseos —continuó Silvia buscando seguir el juego—. Algo tienes que pedirle. Si no te apuras, el genio de la lámpara se va a ir.

Javier se quedó pensando en qué era eso que en realidad deseaba e intentó invocar un auto lujoso o el cuerpo de Teresa, pero lo único que se le vino a la mente fue un agujero negrísimo. Sintió pavor de asomarse a los bordes de esa oscuridad y quedar atrapado en una seguidilla de pensamientos que lo llevarían a cuestionar por qué estaba en ese país, por qué estaba casado, por qué había decidido vivir esa monótona vida de estudiante, y comenzó a mover las piernas de manera nerviosa, procurando salirse de su cabeza.

—Mira que no es tan fácil pensar en eso que se desea —respondió provocativa—. A ver, ¿dime tú qué le pedirías al genio de la lámpara?

—Una casa, para empezar —respondió Silvia de manera certera—. Un buen trabajo no vendría mal, y si ese trabajo me da papeles quedaría muy contenta.

Javier sonrió complacido ante la respuesta de Silvia y pensó que, tal vez, lo único que verdaderamente deseaba era ser padre. Compartió ese pensamiento en voz alta y el manto gris que lo rodeaba se hizo mucho más espeso.

—Es extraño cómo hemos simplificado el deseo —comentó Silvia, buscando despejar la mirada—. Hace algunos años mis deseos eran más rimbombantes. Quería un matrimonio con vestido de cola, como el de la princesa Diana, y conocer Japón. Ahora me conformo con tener dónde vivir.

—Japón es más alcanzable que la felicidad —tarareó Javier, recordando una canción que le gustaba mucho.

—Supongo que algo de eso es cierto —respondió Silvia.

—Se me hace imposible imaginarte en un vestido de cola —dijo Javier entre risas—. Me das más vibras de Camilla Parker. Solo romances candentes y clandestinos.

—Bueno, hasta Camilla se casó de blanco.

—Seguro te escapas y te casas a escondidas —completó Javier con un tono de voz coqueto.

—Seguro así es como termino conociendo Japón —musitó Silvia queriendo sacarse de encima la sensación de que la máquina deseante, que alguna vez había sido, se había atrofiado sin remedio.

La huésped tomó su teléfono y vio la hora. Se había hecho tarde. Se disculpó con Javier y entró rápido a la cocina. Lo mejor sería que comenzara a preparar el almuerzo.

27.

Una luz roja intensa refulgía con fuerza y eso fue lo primero que notaron cuando entraron al apartamento.

—Seguro los vecinos están teniendo una fiesta —comentó Javier, y eso dio pie para que Silvia mencionara que siempre había tenido la fantasía *kitsch* de poner una bola de espejos que iluminara la mesa del comedor de su casa.

Se acercaron a la ventana, como si algo en ese fulgor los convocara, y se quedaron viendo en detalle los muebles del apartamento vecino, que bajo esa luz, se veían mucho más viejos y pasados de moda. Javier murmuró algo sobre cómo parecía el escenario de una película pornográfica de bajo presupuesto, y Silvia se quedó pensando en el tipo de pornografía que Javier consumía. Lo imaginó encerrado en el baño, tratando de no hacer ruido y controlando su cara de placer, mientras observaba a una mujer vestida de enfermera, envuelta en la misma luz roja que se reflejaba ahora sobre sus mejillas, y sintió una profunda compasión por él. Luego notó que Teresa se había quedado atrás, cerca del interruptor para encender las luces.

Silvia se acercó a la rubia, pensando que tal vez estaba esperando que fuera ella quien alumbrara la mesa de

Ikea que hacía las veces de comedor y lo alistara para la cena, pero Teresa le hizo un gesto que le dio a entender que prefería quedarse con las luces apagadas.

—Estoy segura de que los vecinos van a tener una orgía —comentó Teresa, de manera emocionada, como si fuera una niña que enunciaba por primera vez una mala palabra.

Silvia sonrió incómoda.

Teresa caminó hacia ellos y se puso detrás de Javier. Lo tomó por la cintura y habló en una voz intencionalmente aterciopelada. Comentó que no había nada más sensual que esa luz roja, y Silvia quiso reírse, pero luego se dio cuenta de que Teresa hablaba en serio. Para la huésped absolutamente nada en la imagen que los tres veían anunciaba un encuentro erótico. Se sintió impaciente y comenzó a hacer cálculos en su mente. Estaba cansada y quería irse pronto a la cama, pero no se sentía capaz de sacar a los dueños de casa de la sala.

De repente, como si se hubiera levantado el telón, del otro lado de la ventana apareció una mujer en una ropa interior notablemente incómoda. Atravesó la sala, ajustándose las cargaderas del brasier y sacándose los calzones de entre las nalgas. Salió por un segundo de escena, a lo que Javier comentó que seguro había ido a abrir la puerta. Poco después volvió a aparecer frente a ellos, acompañada de dos hombres y una mujer. Era una visión extraña. Ni la mujer en ropa interior, ni su compañía ataviada con ropa de invierno parecían acordes con la atmósfera teóricamente erótica que la luz roja y los muebles fuera de foco establecían

Uno de los hombres salió de escena mientras las dos mujeres empezaban a besarse. Luego el hombre volvió, vistiendo solo unos calzoncillos largos y delgados de un color casi tan pálido como su piel. En la mano llevaba una pipa enorme para fumar marihuana y se quedó sentado en el sofá, observando a las dos mujeres que ahora estaban desnudas. Silvia sintió que los hombros se le tensaban, mientras Javier caminaba hacia la ventana, como si estuviera hipnotizado. Teresa, por su parte, decidió narrar cada una de las cosas que se desenvolvían en ese escenario como si fuera un comentarista de fútbol sobre excitado que acelera la voz con una jugada cualquiera. Luego dio gritos de emoción cuando el hombre de los calzoncillos delgados se acercó a las mujeres por detrás, y le faltó poco para cantar ese movimiento tosco como si fuera el más virtuoso gol. Silvia sentía que no había nada de emocionante en la manera en la que el hombre tocaba torpe los cuerpos de las mujeres, que ahora se frotaban uno contra el otro. Recordó el pasaje de una novela que había leído en su antiguo trabajo de burócrata, en la que el escritor, tal vez en un intento por sonar audaz, hablaba de un encuentro sexual como si dos fichas de Lego finalmente encajaran. Cuando Silvia lo leyó, pensó que era una imagen ridícula y tiesa. Pero ahora que observaba el choque de esos cuerpos blanquísimos frente a ella sintió que tal vez a eso se refería la imagen. Entendió, por fin, cuál era la fuerza que regía el apartamento.

Frente a sus ojos se revelaba el contradeseo. Estaba siendo testigo del antiporno.

No existía lascivia alguna entre los cuerpos que se tocaban. Eran solamente títeres en una gran puesta en escena. Ante ella aparecía la concreción de una fantasía, pero todos los actores de esa trama parecían despojados de erotismo. Para Silvia, algo estaba fuera de foco en esa imagen. No había goce en el tacto ni un deleite honesto. Pensó en todas esas veces que ella había actuado así el deseo, en cómo podía obligarse así al deseo, y en todas esas ocasiones en que su cuerpo había respondido a pesar de sentir poco apetito. Pensó también en todas esas veces en las que había sido capaz de amoldarse al hambre y ese golpe de recuerdos se convirtió en una sensación de mareo que la hizo sostenerse fuerte del marco de la ventana.

La aparición de esas siluetas llenas de asepsia, que no jadeaban ni gemían, solo cuerpos que se frotaban sin ganas, la contagiaron de una profunda modorra. Teresa, por su parte, se mordía las comisuras de los labios y comentaba los cuerpos que veía en frente, pero no con morbo, o al menos eso pensó la huésped, sino como si fuera uno de esos jueces que evaluaban la textura del pelo y el tamaño de las patas de los perros de concurso. Silvia se sentía cansada y deseó estar a solas para poder acomodarse a su gusto en el sofá cama, pero observó que la rubia estaba tan enganchada con lo que pasaba afuera que solo alejarse de la ventana sería leído como una grosería.

Mientras Javier preguntaba por qué uno de los hombres habría decidido apartarse de los cuerpos para concentrarse en la pipa de marihuana, Silvia se dio cuenta de que en el alféizar de la ventana estaba ocurriendo una escena mucho más interesante. La luz roja refulgía sobre una araña inmensa que tenía atrapada, bajo las patas, a una polilla. La polilla aleteaba, de manera enérgica, intentando escapar de la fuerza que ejercía la araña, pero en pocos segundos su ímpetu fue mermando y los aleteos se hacían cada vez más tímidos. Silvia alzó de nuevo la mirada hacia el apartamento vecino y vio a uno de los hombres mover la pelvis a destiempo sobre el torso de una de las mujeres, que parecía no querer molestarse en darle indicaciones u orientarlo hacia donde en realidad quedaba su vagina. Teresa, por su parte, hacía grititos complacientes cada vez que el hombre se movía y ese ruido comenzó a irritar profundamente a Silvia, que volvió la vista a los insectos. Ahora el cuerpo de la polilla estaba desmembrado, pero la araña continuaba posando sobre ella las patas con firmeza, como si quisiera asegurarse de que la presa no tuviera escapatoria.

Silvia se rascó la nariz, tal vez buscando algún alivio a la somnolencia, y dio unos pasos lejos del escenario. Fue ahí cuando Teresa supo que debía actuar pronto y atravesar ese resquicio que se abría sobre los días fértiles de su querida amiga. La rubia caminó hacia donde estaba Silvia y le agarró de manera firme la cadera. El cuerpo de la huésped se estremeció con sorpresa cuando sintió el tacto de Teresa, y luego cuando vio que su rostro estaba tan cerca. Bajo el espectro de la luz roja, la nariz respingada de Teresa se deformaba y los ojos parecían hundírsele entre el cráneo.

Esa perspectiva la crispó.

Silvia pensó en disimular su desconcierto con una sonrisa, pero no le dio tiempo de reaccionar. Antes de que pudiera fingir cualquier gesto, el rostro deformado de Teresa estaba sobre ella besándola. Primero la frente y luego los labios. Silvia recordó que, recién llegada a ese país, la rubia y ella habían pasado la noche juntas después de una borrachera intensa, y cómo la experiencia sexual había sido tan poco memorable que jamás hablaron sobre eso. No le apetecía besar a Teresa, mucho menos ahora que podía ver, a pocos milímetros, esos labios cuarteados, convertidos en una fea lombriz que se abría para emitir un ruido que oscilaba entre un ladrido y un gemido. Aun así, se entregó a la complacencia de manera activa, esperando que todo acabara más pronto que tarde. Comenzó a recorrer con la lengua el largo cuello de Teresa, pero, cuando iba a sumergir la nariz en la maraña de cabello dorado y enredar los dedos para jalarlo con firmeza, la rubia se retiró delicadamente y arrojó a su amiga hacia el cuerpo de Javier.

Como si se tratara de un espectáculo de ventriloquia, Teresa tomó la mano izquierda de su esposo y la posó sobre la nalga derecha de Silvia. A su vez, entrelazó los dedos de su mano derecha y juntos, como si fueran un solo cuerpo, estrujaron las tetas de la huésped con firmeza. Teresa se percató de que Silvia besaba a Javier con gusto, dándole mordiscos y lamiéndole la superficie de los dientes, y jaló ambos cuerpos hacia la habitación, que se mantenía en penumbras. Los sentó al borde de la cama y les acarició la cabeza. Se lamió los labios con torpeza, lanzó un sonido que parecía copiar un ronroneo y dio un paso atrás mientras la huésped se montaba sobre su marido.

Teresa observó complacida los dos cuerpos que se movían en un vaivén mecánico y supo reconocer las palabras que Javier emitía cuando estaba a punto de eyacular. Entonces se arrojó sobre Silvia y, como si se tratara de la crisálida que cubre a la mariposa, ejerció la presión suficiente sobre la espalda de su querida amiga para que no pudiera retirarse mientras su esposo se venía adentro. El pecho de Teresa y la espalda de Silvia se quedaron en sincronía, emitiendo estertores cortos. Después de unos pocos segundos Javier soltó un gemido débil pero plácido. Solo hasta que Teresa se aseguró de que su marido hubiera terminado, se rodó hacia un lado, dejando libre el cuerpo de la huésped.

—Puedes dormir esta noche con nosotros, si quieres —propuso Teresa, sin sacudirse la sonrisa del rostro.

—Es más cómodo si duermo afuera —respondió Silvia y se retiró del cuarto.

28.

La primera luz de la mañana le acarició el rostro como si fuera el lengüetazo suave de un perro.

Silvia entornó los ojos y vio que la planta, que ahora parecía más un chamizo revestido de musgo que un árbol frondoso, duplicaba su silueta gracias al efecto de la luz y por la manera en la que acomodaba su mirada. Parpadeó. Ver, en medio del marco de la ventana, a su compañera muy debilitada la hizo sentir muy sola. Imaginó que el sofá cama en el que ahora yacía, tendida boca arriba, era un montículo de lama que flotaba en medio de un lago e intentó hacer el juego de asociaciones que antes la divertía, pero solo atinó a pensar que si ella fuera una flor sería un loto a la deriva sobre el agua putrefacta.

Se estremeció con esa imagen del naufragio.

Antes que nada, necesitaba curarse de cualquier riesgo de embarazo. Los recuerdos de la noche anterior se le desplomaron encima y tuvo la urgencia de huir del apartamento. Sintió que todo su cuerpo se invadía con una tristeza pesada, y una voz dentro de la cabeza le reprochó la forma en la que su vida se había achiquitado. Había confinado su trabajo, sus amigos y su familia dentro de esas cuatro paredes y, por más talento que tuviera para la mentira, le resultaba imposible pensar en una excusa creíble capaz de rendirle cuentas a la pareja sobre sus ganas de salir corriendo.

Pensó que necesitaba un milagro.

Esa palabra le causó gracia y recordó a Ramón. Ahora el boricua parecía estar junto a ella, en medio de esa agua podrida sobre la que flotaba, pero su imagen no la hacía arder con añoranza. Era el eco tranquilo de una vida lejana, que ahora reconocía como ingenua, en la que se había entregado a creer en un trasfondo mágico que sostenía al mundo. Porque la palabra milagro aparecía todo el tiempo en las conversaciones con Ramón. De hecho, él mismo creía haber experimentado un par en su adolescencia. Aunque se le hacía muy difícil recordar la voz de ese hombre, vino a ella una anécdota que Ramón contaba frecuentemente: una mañana había estado a punto de morir en el mar. A pesar de ser un nadador muy hábil, había quedado en medio del ojo de una corriente de resaca que lo chupó lejos de la orilla. Ante el pánico, cerró los ojos y se entregó a la muerte. Rezó un par de avemarías en voz alta y, sorprendido porque no llegaba rápido el estremecimiento o el ahogo, volvió a abrir los ojos y se dio cuenta de que el agua lo había liberado. Había sido un milagro, o eso le había reiterado su madre, quien no podía creer que su hijo se hubiera salvado de la muerte. Silvia recordó cómo, la primera vez que escuchó esa historia, había googleado «¿Qué es una corriente de resaca?», y que encontró carteles y campañas del Gobierno para que las personas no se metieran al mar.

También buscó «¿Cómo sobrevivir a las aguas revueltas?», y pensar en esa pregunta, justo ahora, le hizo gracia. Recordó la respuesta que había encontrado ese día en una página que explicaba sencillas técnicas de supervivencia. La página estaba compuesta solamente por un letrero inmenso en el que se advertía:

NO LUCHE CONTRA LA CORRIENTE: ni siquiera los nadadores y rescatistas expertos son capaces de escapar una corriente de resaca

y luego aparecía la animación de un hombre que ejemplificaba cómo intentar salirse de la corriente nadando era la causa principal de ahogamiento. Cuando aparecía la voluntad de salvarse de la corriente, era más probable cansarse que vencer la fuerza del mar.

Silvia se sintió huérfana.

Todo este tiempo que había pasado con Teresa y con Javier había intentado quedarse quieta y, aun así, la corriente la había arrastrado. Quiso imaginar la posibilidad de tocar tierra, de encontrar una playa en donde pudiera sentirse mucho más libre, pero ningún paisaje apareció ante sus ojos. Además, si abandonaba el apartamento, ¿dónde pasaría la noche?

Se llevó la mano izquierda a la boca e intentó quitarse con los dientes un pellejo que sobresalía al lado del pulgar. Rasgó la piel, arrancó el pedazo y luego se chupó el dedo para detener la sangre que aparecía con la herida.

Vio por la ventana y presintió cómo, más pronto que tarde, llegaría el aguacero. La invadió el pánico de lo inevitable: ese loto, que ahora ella era, sería arrastrado por una corriente turbia. Rápidamente se sacudió las cobijas, se puso un pantalón de sudadera, unos guantes, el abrigo, un gorro y tomó las llaves que estaban sobre la mesa del comedor. Este no sería el momento de la huida. Aún no podría clavar los pies en medio de la arena pero, al menos, podría aprovechar esos minutos antes de que la pareja despertara para ir a la farmacia. Por ahora, esa sería la única manera en la que las aguas podrían despejarse.

29.

Silvia se tardó casi media hora y, cuando regresó, la pareja estaba moviendo las cajas y el sofá cama, buscando reorganizar la disposición de la sala. Le pareció curioso encontrar en todo el medio el balde del trapero y las cosas necesarias para encerar el piso y, cuando preguntó a qué se debía tanto movimiento, Teresa chilló de emoción al verla.

—¿Qué tal si ahora duermes con nosotros? Así podríamos recuperar el espacio de la zona social.

Silvia sintió cómo la vergüenza de lo que había ocurrido la noche anterior se le trepaba por entre la ropa, y el sonido de la voz dulzona de Teresa la estremeció con tanta fuerza que la dejó paralizada. Pero sabía que quedarse en silencio solo sumaría a la incomodidad que estaba sintiendo, así que evadió la pregunta comentando la montaña de platos sucios que había en la cocina y se apresuró a hacerse cargo de ellos.

—Ayer fue fantástico —insistió Teresa, buscando una respuesta.

El cuerpo de la rubia tomó por sorpresa a Silvia, que no se esperaba que la siguiera hasta la cocina. La huésped se dio vuelta y se encontró con el rostro de Teresa muy cerca del suyo. La rubia le dio un golpecito en la punta de la nariz y le pidió que dejara los platos. Luego la tomó de la mano y, como si estuviera guiando a una niña, la llevó hasta el sofá cama, donde ahora se encontraba Javier. Silvia intentó acomodarse dejando un espacio entre su cuerpo y el del marido de su amiga. Pero los intentos por evitar la proximidad fueron en vano, pues Teresa se tendió sobre sus piernas.

Silvia alcanzó a ver algo que brillaba justo detrás de una de las cajas y se levantó del sofá cama de un brinco. Era la envoltura de aluminio de una mantequilla que la pareja había olvidado tirar en la basura y se apresuró a recogerla, como si se tratara de un tesoro olvidado en medio de la arena.

Silvia aprovechó su regreso a la cocina y desde ahí le insistió a Teresa en que le permitiera arreglar un poco. Se ocupó lavando dos ollas grandes que Javier había utilizado para hacer la mezcla de unos *pancakes* y la masa de unas arepas. Mientras organizaba un poco, quiso romper el silencio y preguntó si estaban celebrando una ocasión especial. La avergonzaría haber olvidado algún cumpleaños. Desde la sala, Teresa le respondió que llevaban tiempo queriendo cocinar algo delicioso para agradecerle por todo lo que hacía por ellos. Las palabras de la rubia no tranquilizaron a Silvia, sino que la hicieron sentir fuera de lugar, y pensó que lo mejor sería agilizar el lavado de los platos. No quería que se acumularan en una torre inmanejable de la que tendría que ocuparse después.

Mientras sacudía la rejilla del lavaplatos, que estaba llena de masa mojada y trozos blandengues de jamón, Silvia sintió un olor extraño. Comenzó a olisquearse debajo de los brazos para saber si el hedor salía de ella. Le tomó un momento entender que en la nariz no estaba el olor de un cuerpo exaltado, sino un olor más parecido al del agua estancada que había percibido esa mañana, y esa imagen de pozo la estremeció tanto que perdió el control de sus manos.

Uno de los platos que estaba secando terminó en el piso.

—No tienes por qué ponerte en esas —espetó Teresa, con un dejo de tiranía en la voz.

El olor cada vez se hacía más intenso y Silvia sintió cómo el estómago le daba un vuelco. Sacó de la nevera una soda fría que pudiera ayudarle con las náuseas. Teresa caminó a donde estaba su amiga y le preguntó si se sentía bien. Silvia asintió, intentando escapar de su mirada.

Bebió un par de sorbos de la soda y, cuando sintió que su estómago estaba mejor, tomó la bolsa que había traído de la farmacia y entró al baño.

30.

—¿Estabas vomitando? Pobrecita, te ves tan pálida.

Las palabras de Teresa sorprendieron a la huésped, que no esperaba encontrársela de frente al abrir la puerta del baño. Negó con la cabeza y luego le preguntó a la rubia qué estaba buscando dentro del clóset donde guardaban las sábanas y las toallas. Teresa le explicó que quería poner sobre la mesa de Ikea un mantel para darle un *look* elegante, como de restaurante fino, y antes de que pudiera seguir desdoblando y desacomodando todo en el armario, Silvia se ofreció a ayudar a buscarlo. Sin embargo, no recordaba haber visto nada similar dentro del clóset que hacía pocos días había organizado.

—Hace una semana me pediste que pusiera unas bolsas aromáticas para ahuyentar las polillas, ¿recuerdas? Aproveché para lavar y volver a guardar todo. Y cuando digo todo es todo. Hasta limpié con vinagre los entrepaños y no vi nada parecido a un mantel —avisó Silvia ante la búsqueda infructuosa de la rubia.

—Entonces debe haber alguno en una de las cajas que no hemos desempacado.

—Puedo arreglarlas y buscar ahí mientras el desayuno está listo —dijo Silvia, en un esfuerzo por sentirse útil.

—¿Cómo se te ocurre que te voy a poner en esas? —interrumpió Teresa con una falsa dulzura que le revolvía de nuevo el estómago a Silvia.

La huésped quiso volver a la cocina para seguir investigando el origen del olor putrefacto, pero fue atajada por el cuerpo de Javier, que la chocó por detrás. Silvia sintió cómo le ponía la mano en la cintura y se paralizó ante ese gesto. Hasta ese momento de la mañana, habían esquivado una conversación sobre lo que había pasado la noche anterior y tuvo miedo de que Teresa aprovechara ese acto para hablar de algo que ella prefería que quedara en el olvido. De manera ágil, la huésped tomó la mano de Javier y la retiró de su cuerpo, pero algo en la suavidad de ese gesto hizo que él lo entendiera como una caricia. Javier cogió a Silvia de los hombros y la llevó hasta la mesa en la que todo estaba servido. Detrás de ellos iba Teresa, con un paso tranquilo, como si fuera el testigo distante del encuentro entre dos amantes.

—¡Gran banquete! —exclamó Silvia con el afán de guiar la conversación hacia las cosas que Javier había cocinado.

—¿Tienes apetito o prefieres que lo dejemos para después? —preguntó Teresa poniendo las manos sobre los muslos de Silvia. La huésped pensó que los dedos de Teresa se sentían muy delgados, como si le hubieran reemplazado los huesos con filosas patas de insecto.

—Está bien, creo que solo tengo un ataque de gastritis. Lo mejor es que coma —respondió Silvia, quitándole las manos de su cuerpo.

—¡Eso! —gritó Teresa con mucha emoción—. Disfrutemos esta comida que nos será de provecho.

Silvia pudo detallar lo diminutos que se le veían los dientes a Teresa cuando sonreía y algo en esa imagen de parásito la estremeció. Recordó la manera en la que los dedos de la rubia hacían presión sobre su cuerpo y tuvo la impresión de estar atrapada bajo los tentáculos de un insecto inmenso. La había inquietado la forma en la que Teresa ponía un especial énfasis en el plural, como si la pareja hiciera parte de una especie invasora que quisiera fusionarse con su cuerpo. Imaginó que todos sus órganos ya estaban infestados por unas ventosas monstruosas y eso acrecentó su malestar. Quiso preguntarle a qué se refería con ese plural, pero prefirió pensar que había escuchado mal y que era un pequeño malentendido.

—Si no los conociera, pensaría que quieren engordarme para luego sacrificarme —dijo la huésped entre risas, intentando que los chistes sobre la abundante alimentación a la que la sometían esa mañana sepultaran los temas de conversación que ella quería evitar.

Y lo logró.

A lo largo del desayuno hablaron sobre la situación política de ese país y Javier se regó en explicaciones sobre el sistema electoral confuso que él había estudiado a profundidad para entender el cubrimiento de las próximas elecciones. Cuando terminaron de comer, Silvia se apresuró a recoger los platos vacíos de la pareja, pero Javier hizo un gesto para pedirle que se detuviera.

—Déjalos. De esto me encargo yo después —musitó de manera cariñosa.

Silvia se sintió inquieta. Sabía que era una mala idea no ocuparse rápido de la suciedad. Le pareció que Javier se olvidaba de que, dentro de las paredes viejas de ese edificio, existía una colonia de cucarachas que se reproducían y multiplicaban a gran velocidad. Cualquier resto de comida las atraería dentro del apartamento. Quiso insistir en lo importante de lavar los platos inmediatamente, pero, antes de que pudiera decir algo, Javier la invitó a que salieran a trotar juntos.

—Puedo quedarme y arreglar un poco —insistió Silvia ante el pavor de que las cucarachas comenzaran a poner huevos dentro de cada una de sus cosas, pero Teresa le rogó que saliera con Javier y pasaran tiempo a solas.

—No hay nada que me guste más que ver cómo se la llevan de bien —exclamó la rubia y Silvia sintió que no tenía más remedio. Saldría con Javier a dar un paseo mientras las pocas cosas que aún le pertenecían eran devoradas por los minúsculos dientes de esa plaga.

31.

La incandescencia la distrajo.

Silvia tuvo que parar y acercarse al jardín que bordeaba la acera sobre la que estaba corriendo. Pensó que aquello que brillaba entre matorrales, con un rojo encendido, era un lirio abriéndose hacia el cielo. Sin embargo, antes de razonar que bajo la temperatura helada del invierno era imposible encontrar una flor, caminó hacia la silueta colorida, con los brazos extendidos como si estuviera hipnotizada. Necesitaba tocar eso que brotaba en medio de lo gélido. Javier estaba a unos cuantos metros de distancia y, cuando se dio cuenta de que había perdido a su compañera de ejercicio, frenó con desconcierto. Cuando se dio la vuelta, atisbó la silueta de la huésped, a gatas sobre el prado, intentando alcanzar una mancha roja. A medida que se fue acercando pudo ver un poco mejor la escena, hasta que la cara de decepción de Silvia se le reveló tan nítida como la lata de Coca-Cola que ella había confundido con una flor.

Javier le brindó la mano para que ella pudiera levantarse. Silvia agradeció el gesto, pero soltó rápido la mano de Javier y se sacudió un poco del pasto seco que se le había pegado a la ropa. Caminaron unos pasos hasta llegar a la entrada de un café y él le pidió que lo acompañara a tomarse algo. Mientras hacían la fila para ordenar las bebidas, la huésped comenzó a frotarse las manos como si estuviera intentando iniciar un fuego. Javier interpretó este gesto como una llamada a la galantería. Por un instante, recordó lo suave que era la piel de Silvia y tuvo el impulso de penetrarla con fuerza. Necesitaba tocar nuevamente ese cuerpo que tanto había disfrutado, pero pensó que no sería inteligente revelar su voracidad todavía. Optó, entonces, por preguntarle si tenía frío y, antes de que Silvia pudiera responder, se ofreció a brindarle el rompevientos delgado que llevaba consigo.

Silvia negó con la cabeza y dio un paso atrás para tomar distancia.

Intuyó que se aproximaba el sobresalto. No quería pasar mucho tiempo a solas con Javier y pensó en diferentes temas de conversación que le permitieran esquivar la posibilidad de hablar sobre lo que había ocurrido la noche anterior. Dio un largo sorbo de café y, cuando bajó la taza, encontró la cara de Javier muy cerca de la suya. Tanto que le permitió detallar la manera en la que los ojos le brillaban y cómo se le confundían unos pelos blancos y otros rojos entre la espesura de su barba. Silvia sonrió, tal vez para esconder la incomodidad que le generaba esa cercanía, y el hombre sonrió de vuelta. Las manos se le humedecieron con sudor y quiso distraer esa sensación. Comenzó a contarle sobre el *podcast* de ciencia que venía escuchando mientras corría. Las palabras se le apresuraban buscando cubrir cualquier resquicio de silencio y, en un momento, se hizo muy consciente de que su voz reverberaba, sin descanso, sobre su pecho. Esa vibración la hizo perder el hilo de lo que ella misma trataba de contar, lo que causó que Javier se riera con una carcajada amplia. La reacción desmedida la sorprendió, sobre todo porque, cuando abrió la boca, la huésped pudo verle la lengua anchísima y cubierta con una capa espesa de café. Silvia sintió mucho desagrado por esa lengua amarillenta y arrugada, la piel de un limón marchito, que había tocado la superficie de sus labios y, sin tener mayor voluntad sobre su cuerpo, se dobló en una arcada.

Algo en ese gesto alertó a Javier, que notó la palidez de la huésped y le preguntó si se estaba sintiendo bien. Aprovechó para tomarla de las manos y se las sintió heladas. Hizo un comentario cariñoso sobre cómo parecía una lagartija y se ofreció a comprarle una soda para ayudarle con las náuseas. Antes de que Silvia pudiera explicarle a qué se debía su malestar estomacal, Javier comenzó a presentarle todo tipo de remedios y hasta se ofreció a pagarle un taxi de vuelta a casa. Silvia, más que enferma, se sentía ansiosa. Pensó que la reacción de Javier estaba siendo exagerada; no entendía por qué se comportaba como un padre de familia preocupado ante la salud frágil de una niña. Frente a los cuidados desbordados del hombre, Silvia resolvió que lo que menos la haría sentir comprometida sería aceptar que él le comprara una bebida. Apenas accedió, Silvia vio a Javier poner de nuevo su rostro muy cerca del de ella. Esta vez la sorprendió cómo alcanzaba a detallar unas gotas amarillas dentro del inmenso marrón de esos ojos que, ahora, lucían tan opacos como la mancha que se le asentaba sobre la lengua.

Cuando Javier se paró a buscar la soda, Silvia volvió a notar ese olor amargo en el ambiente. Se quedó pensando a qué le recordaba la estela de podredumbre que todavía sentía asentada en la nariz, y tuvo la imagen del agua estancada de un florero. Esa agua quieta, contenedora de todo lo marchito, la sobrecogió y volvió a sentirse tan desamparada como se había sentido en la mañana. Javier volvió con la soda y le pidió que lo escuchara un momento. Tenía algo muy importante que decirle. Silvia parpadeó, en un intento por parar el cosquilleo que ahora sentía sobre los pies y las manos, y abrió bien los ojos como si eso le fuera a permitir escuchar con mayor atención lo que Javier tenía que decir. Estaba distraída y le costaba muchísimo oír la voz suave que parecía ahogarse entre la música y las otras voces que inundaban el ambiente del café. Silvia acercó su cuerpo a la mesa, para pescar algunas de las frases que se perdían entre el ruido. Javier tomó ese acercamiento como una nueva vía para cogerla de las manos y, agarrándolas fuerte, pronunció una seguidilla de palabras que terminaron por desconcertarla.

Estaba enamorado de ella. No podía sacarse de la cabeza lo que había pasado la noche anterior. Hablaba en serio. Estaba dispuesto a probar su amor. Someterse.

Dejaría a Teresa. Quería comenzar de nuevo. Serían familia. Harían familia. Nadie nunca la amaría tanto como él. Era un buen tipo. La respetaría. Quería que estuvieran juntos. Lejos de esa ciudad. Y lejos de Teresa.

Silvia sintió la náusea de nuevo en su cuerpo, pero esta vez permaneció inmóvil ante el malestar. Cada palabra que pronunciaba Javier le revolvía más el estómago. A lo largo de toda su vida —o eso había creído hasta ese preciso instante— había soñado con escuchar exactamente ese parlamento. Solo que algo en la escena fallaba. Un elemento importante estaba fuera de encuadre. Mientras veía a Javier regarse en explicaciones y promesas, se le nubló la visión. Como si fuera el aura que antecede la migraña, se le apareció la silueta de Ramón: sus hombros anchísimos y la manera en la que él prefería disfrazar las palabras con evasivas y así jamás hablar de lo que sentía por ella. A su lado, como una estatua de cera, apareció Vicente. Silvia pensó que, aun en contraste con su fantasía, Javier se veía como una versión pálida y deslavada de su hermano. Luego, como si alguien hubiera vertido frente a sus ojos una caja de soldados de juguete, aparecieron todos los hombres que alguna vez la habían retorcido de deseo. Con un parpadeo, esas visiones desaparecieron. Frente a ella ahora solo estaba el rostro pálido y entusiasta de Javier, y Silvia entendió que con él no se encendía ningún fulgor. Como si su cuerpo se hubiera apagado por completo entre los brazos de esa pareja, entendió que lo único que le quedaba era un frío inmenso.

Pero no quiso ser grosera.

Ahora era Javier quien intentaba poblar de palabras el silencio. Con mucha prisa le dijo que entendía su sorpresa. Para él también era algo nuevo. Pero. Sentía que estaba perdiendo la cabeza. No podía dejar de pensar en ella. Pero. Podía darle tiempo. No tenía que responder nada ahora. Solo quería que supiera. Dejaría a Teresa. No le costaría nada. Serían familia. Harían familia. Imaginaba que tendrían tres o cuatro hijos. Pero. No quería apresurarse. Le daría tiempo. Sabía que ella tomaría la decisión correcta.

Javier miró la hora y se dio cuenta de que se le había hecho tarde. Se levantó de la mesa y, casi que de manera robótica, se inclinó ante Silvia y le besó la crisma. La huésped permaneció impávida ante el gesto. Con esa cercanía había llegado también la certeza: era ese cuerpo gélido el que emanaba ese olor mortecino y triste.

32.

Como si se tratara de esos libros de pasatiempos en los que aparecen dos fotos idénticas y hay que encontrar los detalles que las diferencian, algo en la sala del apartamento parecía ligeramente diferente. Silvia se demoró un rato en entender qué era eso que estaba enrareciendo el ambiente. Fue a la cocina por un vaso de agua y desde ahí pudo ver lo que faltaba. El borde de la ventana estaba vacío. Con angustia, caminó hasta la cornisa y palpó varias veces la delgada madera para cerciorarse. Dio un vistazo por toda la sala y repitió el mismo movimiento con las manos. Se sintió tonta. Tal vez estaba dándoles demasiada rienda a sus fantasías infantiles, pero estaba desesperada por tocar la superficie de la biblioteca y de las cajas para asegurarse de que la planta, su compañera a lo largo de esos meses, no hubiera sido presa de un hechizo de invisibilidad que impidiera que ella la encontrara. Estaba alterada. La única que respondía por esa planta dentro del apartamento era ella y ahora había desaparecido por culpa de sus descuidos.

Se apresuró a la cocina y, con un empujón certero, abrió la caneca metálica que usaban para poner los desechos orgánicos. Tuvo el impulso de meter las manos y comenzar a excavar entre los fondos viscosos de esa caverna, pero se dio cuenta de que estaba vacía. Sintió que el corazón comenzaba a galopar muy rápido y cómo las rodillas se le debilitaban. Estaba segura de que iba a desvanecerse. Así se siente el pánico, pensó, y se quedó muy quieta mientras escuchaba cómo se abría la puerta.

—No entiendo por qué dejaron todo vuelto un chiquero.

La voz de Teresa irrumpió en el apartamento. Silvia balbuceó algo sobre cómo la misma Teresa le había rogado que saliera con Javier, pero entendió que la rubia estaba irritada. Silvia pensó que lo mejor sería pedirle disculpas por no haberse encargado de eso antes. Y así lo hizo. Pero las palabras dulces parecían ser lanzadas al vacío, mientras Teresa enumeraba lo insatisfecha que se sentía con la manera en la que Silvia llevaba meses invadiendo su casa.

—¿Qué tengo que hacer para que te dignes a recoger estas cajas? —preguntó Teresa con un tono de voz plano que acrecentaba la violencia en sus reproches—. Tú vives en esta casa bajo unas condiciones que incumples cada vez que te da la gana.

Silvia se sentía desconcertada. No entendía de dónde venía la agresividad de Teresa e intentó bajar el tono de la conversación preguntándole si había visto la planta. Tuvo miedo del silencio tenso que ocupaba esa habitación y continuó hablando, explayándose en los detalles de su búsqueda infructuosa.

—Necesito que desempaques ya mismo mis regalos de boda y que organices lo que te ha tomado meses. La única persona que vive gratis en esta ciudad eres tú. Y yo soy la única estúpida que me dejo robar en la cara.

Silvia se acercó a las cajas, confundida, pues hacía solo unas pocas horas ella misma se había ofrecido a desempacarlas y la respuesta de Teresa había sido la contraria. A pesar de conocer a la rubia hacía varios años, de haberse familiarizado con las luces y, sobre todo, con las sombras de un carácter que a veces le parecía tiránico y otras veces pesado y arrogante, Silvia nunca la había leído como una mujer voluble.

—¡Pero lávate las manos primero! —gritó Teresa a medida que Silvia se acercaba a cumplir la orden. Desconcertada, la huésped la miró con confusión, intentando descifrar qué era exactamente eso que Teresa quería de ella—. No entiendo por qué te tenías que tomar esa pastilla —reprochó de manera firme—. ¿Por qué no me lo consultaste?

A Silvia le tomó un instante comprender de qué le estaba hablando Teresa. De repente, vino a ella la imagen de la envoltura de una pastilla del día después que se había tomado esa mañana y que había dejado sobre el lavamanos del baño, y entendió de dónde venía la rabia de Teresa. Ante la evidencia, un escalofrío recorrió su cuerpo. Desde que había entrado en el apartamento había sacrificado su privacidad en nombre de una amistad que ahora se le aparecía completamente desfigurada.

Recordó todas las formas en las que había intentado satisfacer los caprichos de Teresa y cómo sus esfuerzos habían resultado insuficientes. Lo que antes había sido un vínculo lleno de complicidad y conversaciones íntimas visto de cerca parecía más una maraña de cables desordenados; todo entre ellas se había confundido.

—No quiero tener sustos —respondió Silvia cortante, con la intención de aclararle a Teresa que no se sentía cómoda con su uso de los plurales, ni con la manera en la que se inmiscuía en los asuntos de su cuerpo.

Para esquivar la tensión que se había instalado en el apartamento, Silvia comenzó a caminar hacia el baño para lavarse las manos. Pero apenas se dio la vuelta, alcanzó a percibir cómo Teresa se acercaba hacia el rincón de la sala en donde reposaba una de las maletas en la que guardaba todas sus cosas.

—Necesito que abras esa maleta. Hace un tiempo me viene faltando ropa y estoy segura de que te la estás robando.

No la reconocía. Por un instante, Silvia se preocupó; pensó que, tal vez, Teresa estaba sufriendo un brote psicótico que la hacía actuar de manera errática. Pero cuando se dio vuelta y se encontró con la expresión gélida de la rubia, supo que algo profundamente mezquino se había despertado en ella y se sintió a la merced de esa entidad ruin que ahora invadía a su patrona.

—El robo es un delito federal. Y tú eres una ilegal. Déjame ver esa maleta antes de que ponga una denuncia.

Las palabras de Teresa desconcertaban cada vez más a Silvia. No entendía por qué ahora se veía sometida a las acusaciones arbitrarias de esa mujer. Recordó las piezas de ropa horrible que le venía regalando desde que había llegado al apartamento y el estómago le dio un vuelco. Desde el fondo de su intuición sabía que esos regalos habían sido un gesto de generosidad impostada y quiso reprocharse por no haber detenido a tiempo a esa mujer y a su condescendencia.

—A ver, muéstrame que no te has robado mi ropa. Siempre has querido copiarme y qué mejor manera de hacerlo que robarte todo mi clóset.

Teresa lanzó el brazo sobre la maleta de Silvia, con la intención de abrirla para esculcarla, pero Silvia dio un salto ágil al otro lado de la sala y logró detenerla. Tomó del brazo a Teresa y la miró a los ojos con un gesto desafiante. Si así iban a ser las cosas, estaba lista para dar la pelea. Se sentía capaz de enfrentar la vileza que su patrona destilaba con más vileza.

—Tiraste la planta, ¿cierto? —le preguntó a Teresa, con la completa claridad de que había sido ella quien se había deshecho de su compañera.

—Estaba infestando la casa —respondió la rubia con indiferencia—. Ahora déjame ver la maleta o te denuncio, ladrona.

Silvia tomó la maleta con rabia y la colocó detrás de su cuerpo. Si Teresa quería abrirla, tendría que irse a los golpes con ella.

—Eres una impostora —continúo Teresa—. Y pensar que quise ayudarte. Puse toda mi energía y te convertí en mi pequeño proyecto.

—Me saben a mierda sus proyectos. —La voz de Silvia rebotó por las paredes delgadas del apartamento.

Las palabras de la huésped se sintieron como un golpe que llevó a Teresa a defenderse. Invadida por la cólera, tomó a Silvia del brazo y le clavó las uñas. Ante la agresión, Silvia la empujó y se apuró al baño. Necesitaba encerrarse detrás de la única puerta disponible para ella y emitir un grito que por fin la liberara. Pero, frente al pequeño espejo, lo único que sintió fue una tristeza profunda. No comprendía por qué se había mantenido dentro de esa casa con la lealtad de un animal que se queda al lado de un amo que lo golpea.

Y sin embargo.

Toda la escena parecía inmensamente ridícula. Pero no sintió vergüenza por cómo había actuado sino que quiso entregarse al melodrama. Se arrojó a la fantasía, como si al fin pudiera concederse el placer de protagonizar su propia historia de terror y venganza.

Porque solo le bastaría llevarse las manos al bolsillo. Sacar su teléfono. Mandar el mensaje correcto, tal vez acompañado de una foto sugerente. Le escribiría a Javier. Aceptaría sus promesas. Le propondría que huyeran hoy mismo, al menos por una semana, lejos del apartamento y de la mezquindad de Teresa. Seduciría a ese hombre y lo obligaría a que tomaran un tren juntos.

Pasarían la noche en un hotel modesto y lo convencería de que desayunaran *pancakes* cerca de la carretera. Cuando Javier se sintiera culpable, le metería la lengua por entre los dientes, y él se olvidaría rápidamente de la frigidez de Teresa y se quedaría con ella por siempre. Lo convencería de que se escaparan a la costa y de que los dos conseguirían un trabajo que les permitiría vivir a sus anchas. Comerían sándwiches de carne de langosta y se revolcarían sobre la arena que custodiaba el mar frío. Y, aunque sabía que no sentía mucho deseo por el cuerpo de Javier, sabría cómo actuar una escena de cama. Solo necesitaba aprender a navegar por entre lo gris. Esta era su oportunidad de protagonizar, así fuera una mala telenovela. Mandaría el mensaje correcto. Comenzaría una nueva vida. Se robaría al marido de Teresa y lo convencería de reemplazar esa vida triste que se había armado junto a ella. Le daría motivos reales para que pensara que era una ladrona y disfrutaría viéndola llorar, rogándole para que volviera al apartamento. Y Silvia se negaría. Y reiría. Y bailaría al ritmo del llanto de Teresa con un furor pagano.

LUMBRE (O ALGO PARECIDO)

33.

Silvia se llenó las mejillas de aire buscando contener la respiración. El olor fétido del baño se concentraba en el cubículo en el que estaba y se acuclilló, con cuidado de no tocar el inodoro con su piel, pues la sola vista de la porcelana manchada de sarro le produjo un asco infinito. Orinó con cautela. No quería perder el equilibrio y apretó los muslos para incorporarse sin tener que tocar nada que no fuera necesario. Salió del cubículo y se lavó las manos. El olor a jabón barato la alivió. Se le ocurrió que esa sustancia, tan cercana a la gasolina, podría arrasar con cualquier germen. Se examinó el su rostro con cuidado. Bajo esa fuerte luz blanca lucía marchita y con la piel llena de manchas. Se quedó con la mirada fija en sus propios ojos, intentando encontrar en su rostro un augurio de lo que vendría, pero lo único que recibió de vuelta fue un enorme vacío. Se sacudió. El olor del baño se hizo insoportable, y salió en busca del pasillo que la llevaría a las escaleras principales de la terminal de bus.

El piso de la terminal estaba recién trapeado y emanaba un olor similar al del jabón con el que se había lavado las manos. Tuvo cuidado de caminar por un lado, aunque la multitud de personas que a esa hora transitaban por la estación la empujaba hacia el centro del pasillo. Se fijó en cómo la luz amarilla que rebotaba por las paredes de baldosa cubría todo el espacio con una pátina opaca y pensó que debía andar con cuidado. Temía ser arrastrada por ese caudal de piernas y brazos que la rodeaban.

Caminaba con ritmo, pero se sentía inquieta. Quiso llevarse las manos a la nariz, buscando en ese aroma a lejía un ancla que la salvara del desamparo, pero optó por detenerse en uno de los kioscos que ofrecían comida y souvenirs para los turistas.

Necesitaba tomar aire. Todavía tenía algo de tiempo.

Indecisa, se detuvo frente a una nevera que solo ofrecía bebidas de colores radioactivos y pensó que lo mejor sería no tomar nada. Alzó la vista hasta una mesa que ofrecía perros calientes empacados y listos para el consumo, pero el pan tieso que rodeaba una salchicha magenta le hizo perder el apetito. Intentó encontrar su imagen reflejada entre el vidrio y la luz neón y se dio cuenta de que, superpuesto a todas esas chucherías, su perfil se alargaba, y ahora daba la ilusión de tener un hocico similar al de un caballo.

Se pasó la mano por la cabeza, intentando desenredarse la crin, y se quedó un instante con la mirada fija en ese animal que ahora era su reflejo. No quiso moverse. Algo en esa visión deformada la hizo reconocer su propia fuerza.

Salió del kiosco y se incorporó dentro del torrente de personas que flotaban por el pasillo. Se sorprendió al notar que sus pasos eran contundentes. Hacía mucho tiempo no sentía esa potencia en las piernas y supo que sería capaz de seguir caminando hasta llegar al último resquicio de esa ciudad hostil.

Con cada paso que daba, invocaba el hambre. Quiso recordar la última vez en la que deseó algo y sintió nostalgia al reconocer que hacía mucho tiempo se había perdido entre toda la confusión de esa Silvia que quería hacerse una vida distinta. Desde que había dejado su país de origen, había intentado paliar la incertidumbre y había esperado con paciencia a que llegara ese día en el que las cosas finalmente se compusieran. Caminó y caminó un poco más y, con cada paso que daba, sentía más viva dentro de ella una ráfaga de compasión con su propia ingenuidad. Podía ver cómo en ese país frío no había nada más allá del desencanto; los únicos sueños que se cumplían eran los de terminar de pagar electrodomésticos a veinticuatro cuotas. Pensó en Teresa y en cómo estaba atrapada, intentando hacer un búnker a partir de freidoras de aire y licuadoras de mano, como si esas cosas pudieran llenarla. O salvarla. La comunión con algo más amplio en una tienda de rebajas. ¿Durante cuánto tiempo se habían entregado a la explotación, pensando que la desgracia más terrible sería perder esa falsa sensación de bienestar que les generaba entrar juntas a un supermercado?

Silvia pensó también en lo poco que la gente se tocaba en esa ciudad fría y evocó el tacto torpe de Javier, buscando encontrar algo de consuelo. Pero solo consiguió sentir rechazo. Pensó de nuevo en el pecho de ese hombre y lo vio tan frágil, como si aún no hubiera atravesado la pubertad, y la sola imagen de esos dedos huesudos dentro de ella la hizo sentir vacía. Intentó llamar nuevamente el hambre, despertarla del letargo, pero ahora solo aparecían imágenes de la noche del trío, de las cajas y de la planta muerta y supo entonces que nada en esa ciudad podía provocarle apetito. Se estremeció al escuchar otra vez el mandato, que ahora le ordenaba mirar hacia otro lado. Se haría una vida en la que pudiera iluminar con honestidad el laberinto inmenso de su deseo. Pertenecería. Pero primero tendría que encontrar la lumbre y hacer chispa.

34.

Tomó un asiento de ventanilla y se cercioró de que pudiera abrir bien la ventana. Necesitaba sentir el aire fresco sobre su rostro. Extendió las piernas y se agarró fuerte. La ciudad quedaba atrás. Ante sus ojos, las montañas poblaban la ventana.

Vio el río extenderse infinito y ancho y sonrió. Tal vez ahora su vida comenzaría también a ensancharse.

La luz que se asomaba entre las nubes parecía delinear los contornos de una naturaleza que despertaba en primavera. Las tímidas hojas de los árboles comenzaban a reverdecer, justo como ella. Tuvo el impulso de cubrirse el rostro, pues no estaba acostumbrada a ver la luz estallar con tanta claridad, pero se abstuvo. Abrió bien los ojos y estiró el cuello y las mejillas como si esa fuerza que estaba afuera, brotando, tuviera el poder de ungirla. Sus ojos no se saciaban de tanto campo y, a lo lejos, sobre un matorral, reconoció un lirio que se abría de la misma manera en la que su cuerpo ahora parecía abrirse a todo lo que estaba en frente.

Pensó en bajarse.

Necesitaba ver esa flor de cerca y tocar sus pétalos; asegurarse de que estaba, por fin, rodeada de una vida que se regaba y se expandía como una llamarada.

Ese era el fulgor que se sentía capaz de sostener entre la boca.

Ante ella, la chispa que daría inicio al fuego.

Emisión de luz por el calor:

la incandescencia.

Notas

Los versos:

«Yo sobreviví al terremoto y al agua.
Soy 1979 partiéndose en dos
y lo que usted piensa ahora mismo»

hacen parte del poema «Center» de la escritora colombiana Andrea Cote. Este poema está incluido en el libro *Chinatown a toda hora*, que Cote le regaló a la autora de este libro cuando las dos vivían en Nueva York. Como homenaje a ese buen augurio, los versos aparecen en esta novela como un mensajito de galleta de la fortuna.

«Japón es más alcanzable que la felicidad» es una canción del desaparecido grupo Las Yumbeñas. La autora incluyó su título como un acto de psicomagia, esperando que algún día el grupo se reúna y ella pueda escuchar esa canción en vivo.

Agradecimientos

Este libro existe gracias al apoyo de mi familia, que me proporcionó los recursos para poder sentarme a escribir, y a la paciencia de mis amigos, que escucharon todas las dudas que aparecían ante mí a lo largo del proceso de escritura. Quisiera agradecer especialmente a Laura Ortíz Gómez, que me acolitó la idea de armar un taller de escritura improvisado que me ayudó a guiar a Silvia por su periplo. También quisiera agradecer a Alejandra Algorta, por siempre recibir con entusiasmo y amor cada palabra que escribo y por ayudarme a pensar el encierro. A Andrea Montejo, por creer en este libro y por compartir conmigo su lista de miniteca para celebrar cuando lo entregué. A Giuseppe Caputo, Daniella Sánchez Russo, Camilo Jaramillo, Catalina Arango, Amalia Andrade, Alejandro Gómez Dugand y Catalina Zuleta, porque sus lecturas nutrieron cada una de las versiones que tuvo esta novela. A Miguel Rujana, porque supo contenerme y acompañarme cada vez que me asaltaron las dudas y porque me permitió compartir con Hiromi cada vez que necesité un lengüetazo para seguir adelante.

Quisiera también agradecer a Salomé Cohen Monroy por su edición cuidadosa y su atención a los detalles. Gracias a su trabajo este universo terminó de entender su forma. A Laura Victoria Navas, por su ojo Virgo y por darme los puntos y coma. A Raquel Moreno, por capturar con su inmenso talento el interior del apartamento y permitirme usar su dibujo como portada.

Para escribir este libro conté con la fortuna de pasar un tiempo en la residencia de escritura Art Omi, en el estado de Nueva York. Esta experiencia nutrió algunos de los pasajes de la novela. Del mismo modo, conté con el apoyo de la línea de investigación en Escritura Creativa del Instituto Caro y Cuervo.

Índice

«Para viajar lejos no hay mejor nave que un libro.»

Emily Dickinson

Gracias por tu lectura de este libro.

En **Penguinlibros.club** encontrarás las mejores
recomendaciones de lectura.

Únete a nuestra comunidad y viaja con nosotros.

Penguinlibros.club

Penguin
Random House
Grupo Editorial

Penguinlibros